침묵으로의 여행

침묵으로의 여행

내 안 의
수 도 원 을
찾 아

진동선 글·사진

문예
중앙

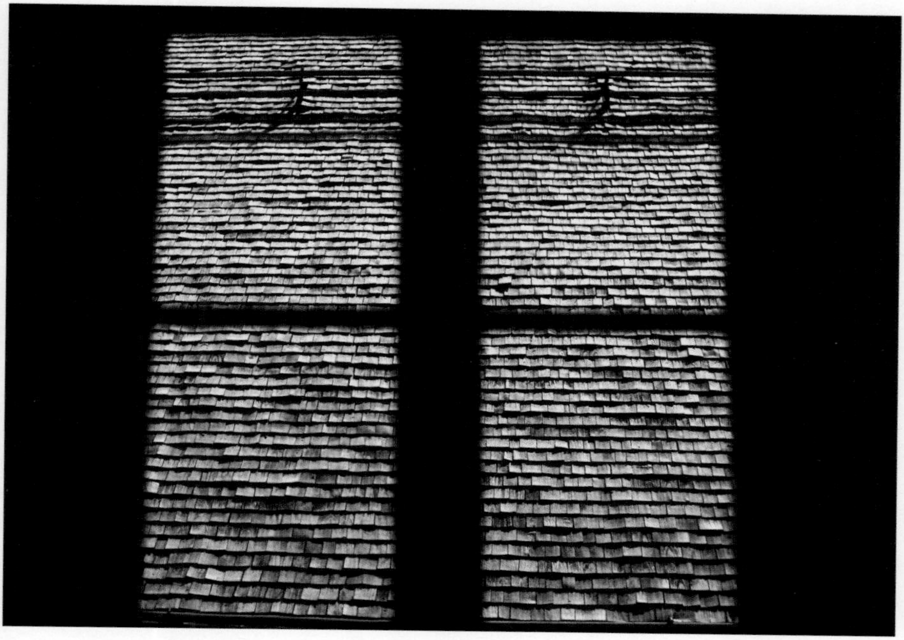

차례

사람들이 신을 포기할 수 없는 가장 큰 이유는 자신들이 얼마나 약한 존재인지를 알기 때문이다. 또 이것이 자신을 괴롭히는 불안의 근본적 원인이라는 사실을 알기 때문이다. 제아무리 훌륭한 사람들도 자신은 완전하고 완벽하다고 자신 있게 주장할 수 없다. 인간에게 겸손이 미덕인 이유는 바로 이것 때문이다. 인간들 스스로는 자신이 얼마나 불안정하고, 부족하고 모자라는 존재인지를 본능적으로 알고 있기에 자기 자신을 포함해서 모든 것을 포기하고 신적인 질서에 들어가고자 했고, 오늘도 그렇게 하고 있는 사람들, 그것을 위해서 필사적인 노력을 하는 사람들을 우리는 수도자라고 부르고, 그런 사람들이 모여 사는 곳, 신성에 참여하기 위해 노력하는 곳, 신의 평안을 누리면서도 육체의 고통에 아파하고 신음하는 곳, 진정한 평화와 안식의 실체를 잡으려는 곳이 수도원이다.

— 최형걸, 『수도원의 역사』(살림출판사, 2004) 중에서

프롤로그

알프스를 중심으로 하여 스위스와 남 프랑스, 북 이탈리아 등에 위치한 수도원을 찾아가는 여행을 했다. 그러나 가장 금욕적이고 규율이 엄격하다는 알프스 접경지 프랑스에 있는 카르투시오 수도원이나, 영화 〈위대한 침묵〉의 배경이 된, 전깃불도 안 들어오는 중세적인 수도원은 찾지 못했다.

그럼에도 불구하고 수도원의 깊은 어둠은 어느 곳에나 있었고 성스러운 아우라에 소름이 돋았다. 그 순간들을 사진으로 포착하지 못했거나 표현해내지 못했다면 그것은 전적으로 나의 책임일 뿐, 결코 그 순간에 내가 찾고 보고 만났던 그곳 수도원들의 영성과 영기가 부족했기 때문은 아니다.

여행은 늘 그렇듯이 상처와 아픔을 잉태한다. 상처와 아픔과 고통의 원인은 내게 있고 그것들을 다스리지도, 감내하지도, 조절하지도 못하기에 나의 사진여행은 언제나 떠나감과 지움이 점철된, 레테의 강변에 떠도는 길 잃은 부표와 같은 여행이다. 그럼에도 그것들이 내 인생에서 독인지 향인지를 여전히 구별하지 못한 채 또 다른 여행을 꿈꾸고 만다.

아무리 잡으려 해도 잡히지 않는 평안과 안식의 실체는 무엇인가.

온갖 나쁜 것들을 바람처럼 날려버리지 못하는 욕망의 실체는 무엇인가.

평생 추구한 것들이 얼마나 무의미한지 알지 못하는 까닭은 무엇인가.
그분들의 마음을 일부라도 넘겨받아 이 한밤 혹독한 괴로움을 덜고 싶다.

01

엥겔베르크
수도원으로

스위스의 수도는 베른이고 최대 도시는 취리히이지만, 여행의 중심이자 풍경의 중심은 바로 루체른이다. 루체른에서 취리히, 루체른에서 베른, 루체른에서 인터라켄, 루체른에서 티틀리스, 루체른에서 멀리 마이엔펠트와 장크트갈렌까지 각각 100킬로미터 내외로, 조금 속도를 낸다면 차로 한 시간 정도면 충분히 닿을 수 있는 거리다. 그러므로 스위스 여행은 두말할 필요 없이 루체른에서 시작된다. 알프스를 중심으로 이루어질 스위스의 수도원 여행도 루체른을 베이스캠프로 삼기로 한다.

아침 일찍 호텔 주변을 어슬렁거리며 산책하는데 이따금 먹구름이 몰려오는 걸 보고 흐리거나 비가 올 것을 예감한다. 수도원 방문 첫날부터 비가 온다는 것은 기분 좋은 일이다. 가슴 벅찰 정도로……

수도원 여행을 스위스 알프스부터 시작한 데는 이유가 있다. 스위스는 산
이 깊고 높고 또 풍요로워서 수도원의 입지 조건으로 더할 나위 없이 좋다.
신성을 위한 은둔과 고행, 기도와 명상, 공부와 집필, 노동과 공동체 형성
등 최적의 조건을 갖추었다. 또 주변 국가들의 지형적 조건도 훌륭하다. 알
프스 산맥은 프랑스, 독일, 이탈리아, 오스트리아 등 유서 깊은 기독교 국가
들과 맞닿아 있다. 그리하여 만약 종교적 혹은 정치적 이유로 성직자나 사
제가 도피를 해야 했을 때 알프스를 택할 수밖에 없었다. 알프스 지역에 약
30여 곳의 수도원이 남아 있고, 종교개혁 때 가톨릭 교회로 편입되었거나
지역 개신교 교회로 탈바꿈한 곳까지 포함한다면 스위스에만 100여 군데
가 넘는 수도원이 있다고 한다. 이탈리아나 프랑스에 비해 수도원 활동이
활발하지는 않았지만, 아직도 알프스 깊은 산속 곳곳에 중세 때부터 맥을
이어온 봉쇄수도원 혹은 개방된 가톨릭 수도원들이 여러 곳 있다.

루체른에서 서남쪽으로 40여 킬로미터 떨어진 곳, 엥겔베르크 수도원
Engelberg monastery을 첫 방문지로 정했다. 티틀리스 산자락에 있는 아름다운
수도원이다. '엥겔베르크Engelberg'는 말 그대로 '천사의 산'이라는 뜻이다.
베네딕도회 수도원으로 1120년에 창건되었다.

일기예보가 맞았다. 엥겔베르크 수도원을 향해 30분 정도 운전하다 보니 어두워지면서 빗방울이 비친다. 빗속의 스위스 풍경은 더욱 그림 같다. 인구가 약 7,000명 정도인 엥겔베르크 마을은, 수도원을 따라 성장한 전형적인 스위스 소도시 마을이다. 수도원의 입구를 찾아 조심스럽게 걸음을 옮긴다.

견유, 온전한 마음

눈에 보이는 육체와 분에 넘치는 물질을 뒤로할 수 없는 것은 욕망 때문인가 본능 때문인가. 눈에 잡히는 이기심과 눈에 이끌려 나오는 질투심은 인간이기 때문인가 자연이기 때문인가. 저 길…… 나는 조금전 저 길의 끝을 보았고 그 길의 끝을 향해 천천히, 똑바로 걸어갔다. 그러나 갈수록 그 길은 왼쪽으로 굽어지고 오른쪽으로 굽어지고 하다가 끝내는 두 갈래로 나뉜다. 이때 나는 절대자인 신에게 묻는다.

한 길만 온전한 마음입니까?
두 길도 온전한 마음입니까?

흔들리지 않는다면 어찌 지탱할 버팀목이 필요하며
어둡지 않다면 어찌 환한 빛을 원한다 말할 것인가.
멀리까지 내다볼 수 있다면 어찌 안내자를 찾으며
저절로 가꿔진다면 어찌 정원사를 원한다 할 것인가.
열세 시간을 날아온 알프스에서의 첫날, 첫 미명에.

미명, 번민

셀 수 없는 날을
혼자였다

엥겔베르크 수도원에는 모두 네 개의 입구가 있었다. 어느 문이 어디를 향하는지, 그 문으로 들어가면 어디를 갈 수 있고 어디를 갈 수 없는지는 알 수 없었다. 그저 담장이 둘러쳐진 곳과 담장이 쳐져 있지만 문이 활짝 열린 곳을 구분할 수 있을 뿐이었다. 어디까지가 일반인들의 출입을 허락하는 개방 공간이고, 또 어디까지가 출입을 막는 봉쇄 공간인지 알기 어려웠다.

먼저 북쪽으로 향했다. 나중에 위치를 파악해보니 수사들의 연구실 방향이었다. 비는 아까보다 세차게 내리기 시작했고 그 세찬 빗줄기만큼이나 대지는 고요하고 어둡고 음울했다. 수도원 안뜰은 쉽게 모습을 드러내지 않는다. 그럴수록 깊은 곳까지 들어가보려 했고, 그곳이 내게 허락되길 바랐다. 수도원의 문들은 나의 손이 밀어붙이는 장력에 아파했고 그곳의 창문들은 거침없는 눈길에 신음했다. 수도원의 봉쇄 구역이 시작되는 곳에는 '금지' 표시가 있었다.

나는 축축하게 젖은 풀들 사이를 헤집으면서 수도원이 내려다보이는 맞은편 높은 언덕으로 올라갔다. 외롭게 버티고 선 나무 한 그루, 외롭게 누군가를 기다리는 나무 벤치를 지나쳤을 때 확연히 보였다. 눈 덮인 티틀리스 산자락에 안긴 육중한 엥겔베르크 수도원의 위용과 그 황홀한 백색 풍경. 나무 벤치에 앉아 아무 생각 없이 수도원의 안뜰을 바라본다. 장벽을 따라 형성된 마을길을 보고, 수도원 뒤편에 자리한 묘지를 보고, 수도원과 더불어 세월을 살아온 소담한 민가를 본다.

그리고 그 순간 혼자라는 사실에 놀란다. 수도원을 향해 고요하게 앉은 바윗덩이 하나가 말한다. "셀 수 없는 날을 혼자였다."고. 비가 그치고 철저히 혼자임을 즐기면서 수도원 동문을 향해 언덕을 내려간다. 묘지를 지날 때 먼저 간 존재들이 말한다.

'영원히 혼자이고 만다고. 그러니 미리 혼자일 필요는 없다고.'

서 있는 모든 것들은 흔들린다.
아프지 않게 지나가길 바랄 뿐.

흔들림

환상교향곡

엥겔베르크 수도원을 떠나 루체른으로 향하는 33번 지방도로, 35번
국도는 말할 수 없이 아름답고 황홀하다. 그 아름다움에 눈을 둘 곳을
알 수 없고 말문이 막힌다. 그저 넋을 잃고 바라보게 되는 황홀한 '전
원교향곡'이다. 그러나 눈에 비치고 다가오고 새겨지는 이 아름다운
풍경을 보면서도 아직까지 '혼자'라는 감정이 채 가시지 않는다.

"절망 속에 구원도 함께 피어난다." 소리쳐도 지금 이 순간 내게는 그저 꿈같기만 하다. 아니, 영원히 꿈이기를 바라는 마음에 불안과 초조와 동경이 교차한다. 베를리오즈의 〈환상교향곡〉 1악장 같은, '꿈과 정열'의 고혹한 알레그로이다. 느릿하게 젖어드는 C단조의 선율에 따라 나는 불안과 초조와 동경을 연주한다. 이 풍경이, 이 연주의 음색이 한 음이 아니라 두 음이 이루는 화음이라는 사실에 놀라면서.

모나쿠스 옴니버스

'수도원'의 영문 표기는 대개 세 가지다. monastery, abbey, cloister. 이 가운데서 어원에 가장 가까운 것은 '모나스트리monastery'일 것이다. '애비abbey'는 주로 영미권에서 쓰는 표현인데 프랑스 수도원에서도 사용하는 것을 보았다. '모나스트리'는 '혼자'를 뜻하는 그리스어 '모나코스monachos'에서, 그리고 역시 '혼자, 홀로'라는 의미의 라틴어 '모나쿠스monachus'로부터 유래했다. 그리스어 '모나코스'에는 보통 사람들과 다르게 혼자서 독특한 삶을 살아가는 사람이라는 뜻도 내포되어 있는데, 이러한 삶의 방식이 서방에 전해지면서 이 단어의 라틴어 표기인 '모나쿠스'가 기독교 수도자라는 의미로 자리 잡았다고 한다. 이 단어로부터 수도원을 뜻하는 '모나스트리움monasterium'이 파생되었고, 수도원 건물을 좀더 함축하는 라틴어 '클라우데레claudere'에서 파생한 '클라우스트룸claustrum', '폐쇄된 공간, 단절된 장소'라는 의미의 영어 '클로이스터cloister', 독일어 '클로스터kloster'가 출현하는데 모나스트리든 클로이스터든 신앙의 동기로 함께 모여 사는 공간을 지칭한다.

성 마리아 수도원과 호프 수도원을 찾기 위해 루체른 시내에 도착하니 오후 한시 무렵이다. 투명한 햇살에 강력한 열기까지 더해져 초여름 날씨를 방불케 한다. 루체른 역에 차를 세우고 간단하게 요기를 한 다음 로이스 강과 피어발트 슈테르 호수의 접경에 있는 카펠교로 향한다. 푸른 호숫가에 사람을 겁내지 않는 백조들이 노닐고 있다.

모나쿠스 옴니버스.

혼자이되 혼자가 아닌, 홀로 존재하되 함께 엮어가는 존재들.

찰칵 하고 삶의 마디가 뎅거덩 부러지는,

부러지면서 다음 것으로 옮겨 타는 모나쿠스 옴니버스.

존재들의 삶의 동작을 세세히 훔쳐보는 4월의 마지막 봄날이

그렇게 흘러간다.

작은 인생

어떤 여행이건 익숙한 것과의 결별, 낯선 곳으로의 떠남은 작은 죽음과 같다. 편안했던 삶과 늘 익숙했던 삶으로부터 이별하는 순간부터 작은 죽음이다. 그 작은 죽음 속에서 예기치 않게 아파하기도 하고 때론 슬퍼하기도 하고 때론 떠나오기 직전의 시간과 이미 떠나온 시간에 대해서 원망하기도 한다. 긴 인생에서 볼 때 짧은 순간임에도 불구하고 후회의 감정이 들면 원래대로 돌아가고 싶어 한다. 후회하는 일이 인간에게만 있는 것은 아니겠으나 인간에게는 번민이 있기 때문에 미련도 있다. 미련은 채워지지 못한 아쉬움의 찌꺼기, 곧 번민으로 둘러쳐진 환원 불가능성이다.

사진들을 찬찬히 다시 본다.

저 거리, 저 햇살, 저 모퉁이를 기억한다.

시간 속에 붙어 있는 기억들이 걸어서 나온다.

시간은 언젠가 망각될 것이다.

기억은 언젠가 시들해질 것이다.

어느 순간 그저 개략적인 인상으로 남을 것이다.

그래서 모든 여행은 백일몽 같은 것.

그러나 한 가지 사실만은 분명하다.

미련이 많을수록, 번민이 깊을수록

모질게도 오래 기억에 남는다는 것,

사진은 그날 움튼 미련과 번민의 자국들이다.

02

성 마리아
프란치스카
수도원

예수를 따르던 사람들, 예수가 원하는 삶을 살길 원하는 사람들은 이 세상에 대해 더 이상의 미련과 관심을 갖지 않아야 했다. 그들의 관심은 예수의 가르침을 따라 살며 다가올 미래, 다음 생을 준비하는 것에 있던 것이다. 또한 그들은 예수의 가르침을 사람들에게 전했으며, 이런 활동을 통하여 이 세상에서 제도화된 기관으로 나타난 것이 교회이고, 기독교이다. 그런 기관 가운데 스스로 자청하여 금욕, 희생, 노동, 가난 혹은 은둔적 삶으로 신성에 참여하고자 했던 곳이 수도원이다.

—최형걸, 『수도원의 역사』(살림출판사, 2004) 중에서

수도원의 역사를 보면, 수도원도 교회처럼 종교기관의 하나였기에 부침이 심했다. 로마 교황권과 밀접한 관계를 유지하면서 그곳으로부터 파생되거나, 혹은 이런저런 이유로 소속 및 편입된 수도원들은 교회의 흥망성쇠처럼 스스로 권력이 되거나 권위를 가짐으로써 몰락하거나 사라지고 말았다. 그렇지 않고 로마 교황권의 영향을 받지 않았던 독자적인 수도원은 국가나 지역 영주들로부터 시달림을 받거나, 그들에게 몰수당하거나 쫓겨나는 수난을 겪었다.

그런데 로마 교황권과 밀접한 관계를 맺은 수도원이든 독자적인 은둔 수도원이었든 간에 쇠락과 부침을 겪을 수밖에 없는 이유가 있었는데, 그것은 민중 혹은 일반 대중과의 거리 문제였다. 수도원이 가장 극적으로 몰락하게 된 계기는, 기독교 세계를 경천동지하게 만든 마르틴 루터의 종교개혁이다. 16세기는 중세의 암흑기에서 벗어나 이성과 학문에 기반을 둔 논리와 보편적인 시민의식이 싹트던 때였다. 은둔하고 칩거하면서 대중들의 문제를 나 몰라라 하는 것이 과연 하느님의 말씀, 예수 그리스도를 따르는 일인가 하는 의문 앞에서 유럽의 수도원들은 최대 위기를 맞았다. 개혁하고자 나선 수도원이 어느 순간 똑같이 권력화되고, 그것을 또 개혁하겠다고 나선 수도원 역시 똑같이 권위적이고 권력에 물드는 모습을 보이고 말았기에.

엥겔베르크 수도원이 외곽에 있었던 것에 비하면 성 마리아 프란치스카 수도원Franziskanerkirche St. Maria은 루체른 시내 중심가, 카펠교 바로 맞은 편에 있다. 대중의 곁으로 가까이 찾아온 수도원인 셈이다. 수도원 현판에 1269년에 건립되었다고 쓰여 있고 수도원 주변의 집들도 대략 그 무렵에 지어진 것 같다. 대중 속으로 가까이 왔지만 넘어설 수 없는 영역은 분명히 있고, 또 대중들이 다가오더라도 반드시 지켜야 할 규칙을 요구하는 개방수도원의 대표적인 모습이다.

이 수도원의 첫인상은 하늘 공간이 참 아름답다는 것이었다. 수도원 하늘 지붕을 올려다보았을 때 동서남북 다양한 각도에서 모두 아름다운 뷰view를 자랑한 곳은 처음이다. 엥겔베르크 수도원에서 안뜰까지는 접근할 수 없었기에 이곳에서는 안뜰을 보려고 열심히 찾아갔는데, 이곳의 안뜰은 개방적이고 대중적인 공간이어서 오히려 맥이 풀렸다. 수도자들을 위한 공간이나 신부, 수녀들을 위한 곳까지는 접근하기 어려우니 그렇다 쳐도, 안뜰이 너무 개방적이면 신성이 사라지는 느낌이 드는 것은 피할 수 없을 듯하다. 스위스에서 가장 유명한, 세계문화유산인 장크트갈렌 수도원이 그 대표적인 예다. 장크트갈렌 수도원의 앞마당은 젊은이들의 일광욕 장소로, 수도원 뒷마당은 간이 운동장으로 활용되고 있었다. 신성이 사라진 개방 수도원의 전형을 보여준다.

성 마리아 프란치스카 수도원에는 작고 아담한 교회가 있는데 이곳에 수녀님들이 출입한다. 또 누구나 교회에서 예배 드릴 수 있고 묵상할 수 있도록 열려 있어 관광객들이 많이 찾는다. 그렇다 해도 엄숙한 분위기이기 때문에 카메라 셔터를 누르기가 상당히 조심스럽다. 수녀들이 거처하는 곳은 건물이 낡았는지 보수 중이어서 수도원의 특유의 적막이나 안뜰의 고즈넉함은 느끼기 어려웠다. 그래도 이렇게 편리한 위치에 누구에게나 열려 있는 작은 공원 같은 수도원이 있다는 것은 축복이다.

무제크성벽

사진을 다시 보니 가슴이 먹먹해진다. 마음이 아프고 또 그리워서 눈물이 나려 한다. 루체른의 자랑인 무제크성벽Museggmauer은 시내에서 강 건너 북쪽 구시가지 바로 뒤편에 있다. 높이도 완만하고 주변 경관도 뛰어나 산책이나 조깅을 하기에 최적의 장소다. 그런데 이곳을 햇살 강한 날, 혹은 여름날 오후에 오르면 상당히 고통스럽다. 햇빛을 피하기가 만만치 않기 때문이다. 이날도 예외는 아니었다. 1386년에 건립된 무제크성벽은 약 900미터로 둘러쳐진 아홉 개의 감시탑이 있다. 탑에 올라 시가지를 바라보고 주변의 빼어난 전원 풍경을 감상하면서 느리게 걸으려 했으나 강한 햇살이 그것을 허락하지 않았다. 사진 속에 그날의 햇살과 더위와 고통이 그대로 남아 있다.

자신을 긍정해야 신을 긍정할 수 있고,
자신 곁에 있는 사람들을 긍정할 수 있다고 했던가.
고요가, 죽음보다 깊은 고요가
빛과 그림자를 품에 안고 내 안에 내려앉는다.
사랑이 무력하게 사라지는 모습을 속수무책으로 바라봐야 했던
그날의 고요, 빛과 그림자처럼.

그날의 고요

03

호프 베네딕도
수도원

루체른의 햇살과 아름다운 호수, 고즈넉한 골목길에 마음을 빼앗기는 바람
에 그날의 마지막 예정지였던 호프 베네딕도 수도원Hof-Kriche Benedict Kloster
에는 날이 저물기 직전에야 도착했다. 로이스 강 북쪽 기슭에 위치한 호프
베네딕도 수도원은 735년 베네딕도 교회와 수도원이 함께 건립되었고, 현
재의 모습은 1645년 이래 그대로라고 한다. 강 건너 남쪽 성 마리아 프란치
스카 수도원은 여자 수도원이고, 이곳 호프 베네딕도 수도원은 남자 수도원
이다. 이곳에는 후기 르네상스 양식의 아름다운 첨탑이 두 개 있다. 여행 안
내서에 따르면 4,950개의 파이프로 만들어진 파이프오르간의 소리가 스위
스 최고라고 쓰여 있는데 늑장 부리는 바람에 들을 길이 없었고, 영원의 제
단 또한 먼발치에서도 볼 수 없었다. 저녁 여섯시 이후로는 모두 닫힌 것이
다. 그저 수도원 경내를 한 바퀴 돌아보고 하늘의 첨탑과 사랑을 속삭이면서
행여나 오가다 수사들이라도 만나는 행운이 있길 빌어보는 수밖에 없었다.

수도원을 돌아보다가 특이한 점을 발견했다. 묘지가 수도원을 둘러싸고 있었다. 정면을 제외한 나머지 삼면에 묘지가 조성되어 있다. 여러 교회와 수도원을 다녀보았지만 묘지가 수도원을 둘러싸도록 허락된 곳은 처음이었다. 또 하나 특이한 점은 묘지의 생김새였다. 중세부터 세워진 이곳 묘들은 석관이다. 그러니까 일련번호로 표시한 땅에 사람 크기 석관을 만들어 망자를 모신 특이한 형태이다. 수도원을 반 바퀴 돌았는데 어느새 날이 어둑하다. 카메라는 자연스럽게 하늘을 향하고 늘 찍던 대로 하늘과 구름과 첨탑을 동시에 넣어보기도 하고, 이제 막 물러간 빛의 자리에 어느덧 성큼 다가서는 어둠의 자태를 좇기도 하면서 거닌다. 그리고 남은 절반을 돌았을 때 한 번 더 마음 밑바닥에서 이런 소리가 울려온다.

그래, 내가 수도원을 그토록 간구한 것은 어둠 때문이지.
소리를 덮는 고요 때문이지.

루체른을 떠나며

도시는 낮과 밤이 다른 곳이다. 그래서 살기도 힘들지만 떠나기도 힘들다 했다. 루체른이 그런 도시다. '루lu'라는 말로 시작되는 도시들은 그렇다. '루lu'는 밝다, 빛나다, 화려하다, 라는 의미를 지닌 라틴어의 접두어이다. 낮에 보았던 루체른, 그리고 지금 보고 있는 밤의 루체른. 루체른은 두 얼굴을 지녔다. 빛과 어둠 때문인가. 가장 강한 햇살에서부터 가장 부드러운 햇살까지 모두 만지고 훌쩍 시간이 지나 도시를 떠난다. 도시는 항상 잡히지 않는 신기루 같다.

로버트 프랭크와 의탁

내게 끝없는 길의 고독과 늘 돋아나는 상처와 그리고 고립된 아웃사이더 시선을 알게 한 로버트 프랭크에게 이 전시를 바친다.
—1993년 8월, 나의 첫 개인전 〈The Blues, On the Road〉 서문 중에서

유학을 떠나기 직전에 종로2가의 파인힐화랑에서 열린 나의 첫 개인전 서문에 주제넘게 이렇게 적었다. 그리고 그 이전에도 지금도, 나를 키운 것은 팔 할이 로버트 프랭크였다고 말한다. 내 앞에 길이 있고 상처가 있고 끝없이 홀로(아웃사이더)라고 생각하는 한 로버트 프랭크는 내게 영원히 존경의 대상이고, 나는 그의 그림자를 벗어날 수 없다고 생각한다. 뉴욕 맨해튼에서 그의 뒷모습만을 보았던 것이 전부이지만 영원히 사진의 스승이다. 지난 30년 동안 일관되게 사진의 길을 가게 해주고, 한평생 변함없는 사진의 모드mode를 갖도록 해준 사진의 길이다.

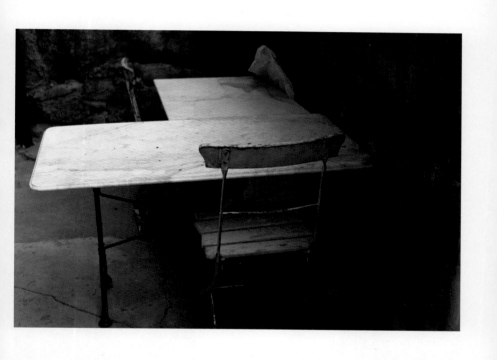

로버트 프랭크는 사진가이면서 영화감독이기도 했다. 사진과 영화를 넘나들었고 세상을 단절이 아닌 흐름으로, 연속된 삶의 순간으로 보았다. 그는 "삶은 단 한 번도 결정적이지 않은 때가 없다."는 말로 앙리 카르티에 브레송의 "결정적 순간"을 전복시켰다.

수도원 여행에 나선 지 이틀째 되던 날, 오전 열시 반쯤 스위스 수도 베른에 도착했을 때 나는 내 눈을 의심했다. 베른 대성당 안뜰에 붙은 포스터 한 장. 너무나 낯익은, 그러나 너무나 오래 잊고 있었던 그 사람의 것, 그 사람의 음색, 그 사람의 느낌, 뼛속까지 박힌 그 사람의 이미지 모든 것. 그의 아우라.

4월 5일부터 5월 2일까지 베른 예술영화관에서 그의 영화를 상영한다는 내용의 포스터 앞에서 이상하게도 그의 '의자' 사진이 오버랩된다. 그의 수많은 사진 가운데 왜 의자를 찍은 사진이 떠오를까? 너무 익숙한 그의 대표작들이 많은데 갑자기 왜 의자 사진이었을까……. 지금도 생각해본다. 그리고 그날의 사진들을 보면서 더욱 확신한다. 그가 가장 원했던, 간절히 바랐던, 그러나 멀었던 사물성이 의자였다고. 나는 레오나르도 다빈치가 〈최후의 만찬〉을 그릴 때 예수와 마리아와 열두 제자에게 제공된 탁자와 의자와 그들의 발을 그리면서 했다는 말, "주께서도 제자들도 이제 좀 쉬셔야 합니다."를 잊은 적이 없다. 그래서 레오나르도 다빈치의 〈최후의 만찬〉을 볼 때마다 나의 시선은 위쪽이 아니라 아래를 향한다. 예수께서 만들어주신 떡과 즙과 잔이 놓인 성만찬의 탁자와 엉덩이를 걸친 의자들과 피곤에 찌든 발가락들을 바라본다. 탁자는 그 위에 음식(에너지)을 담고, 의자는 아래로부터 육체의 생기를 복원한다. 무거운 짐, 피로와 고통으로 찌든 사람들에게 베푼 그리스도의 '의탁(의자와 탁자)'. 베른 대성당에서 로버트 프랭크를 만나고서부터 나는 이 여행이 끝날 때까지 교회와 수도원에 자리한 일상의 제단, 의자와 탁자를 놓치지 않고 담으려 했다. 그리스도가 인간에게 베푼 성만찬에서 필수적인 사물들이므로.

04

베른 대성당

믿음은 종교만의 문제는 아닌 것 같다. 인간의 삶 전체에 걸친 주요 문제일 것이다. 단 그것이 종교의 영역이든 삶의 영역이든 간에 믿음은 항상 깨질 것을 전제한다. 깨질 리 없는 것이라면 믿음 자체가 존재할 까닭이 없기 때문이다. 믿음이 없다가도 어느 순간 생기는 것, 믿음이 넘치다가 한순간에 꺼지는 것. 이러한 믿음의 이면에 두 가지 방해조가 있는데, 하나는 의심이고 하나는 실망이다.

스위스 사람들은 아주 오래전부터 믿음이 강하고 충성스럽고 용맹한 민족으로 알려져 있다. 대표적인 예로 전 세계 용병 가운데 최고는 스위스 용병이라고 한다. 스위스 용병은 비록 금전적인 대가를 받고 왔지만 모국을 수호하듯 싸우고 지킨다고 한다. 루체른에 있는 사자기념비가 이를 상징하고 있다. 프랑스혁명 때 루이 16세를 끝까지 경호하다 죽은 스위스 용병 786명을 기리는 추모비다. 무수한 화살을 맞고 스러지는 사자를 형상화한 기념비이다. 그 믿음 강한 스위스 전사 가운데서도 가장 강한 병사들이 베른 출신이라고 한다. 그래서인지 베른은 스위스 연방에서 가장 강한 군사력과 결속력을 지녀왔던 것 같다. 패배를 모르는 정신력, 절대적으로 충성하고 복종하는 군주에 대한 무한한 믿음, 여기에 자국의 땅을 수호하겠다는 굳은 의지는 스위스를 넘어 전 유럽 최고였다고 한다.

스위스의 정치적 수도인 베른을 상징하는 상징물은 '곰'이다. 충직과 용맹을 의미한다. 곳곳에 곰 동상이 있고 곰 공원이 있고 곰 상징물이 있다. 니데크 다리 건너편에 곰 공원이 있는데 그곳에서는 베른의 구시가지를 한눈에 조망할 수 있다. 이곳에서 보면 베른은 우뚝 솟은 견고한 요새 같다. 높은 암벽 위에 위치한 요새 중의 요새, 그 주변을 아래 강이 돌아 흘러 천연 요새를 이룬다.

베른을 대표하는 베른 대성당Bern Münster은 첨탑 높이가 100미터로 스위스에서 가장 높고 암벽 위에 세워져서 또 그만큼 깊은 지하동굴도 있다. 마그리트 거리를 지나다 보면 곳곳에서 지하실로 통하는 문들을 볼 수 있는데 베른의 모든 집은 지하실로 통한다고 보면 된다. 수도원이 없는 베른을 굳이 들른 것은, 베른이라는 도시가 너무도 매력적이고 아름답기 때문이다. 그리고 또 대성당의 깊은 지하 공간을 보고 싶기도 했고, 아일랜드 수사가 예배당으로 건립했다는 니데크 다리 초입에 있는 베른 교회를 보고 싶었다. 곰 공원에서 베른 구시가지를 바라보면 높은 첨탑이 세 개 보이는데 가장 높은 것이 베른 대성당이고, 그다음이 삼위일체 교회, 가장 낮은 것이 아레 강 가까이 있는 니데크 교회이다.

05

니데크 교회

니데크 교회 Nydeggkirche에 대한 자료는 많지 않다. 국내 여행서에도 베른의 니데크 교회에 대한 언급은 거의 없다. 그저 1494년에 지어졌다는 정도이다. 그러나 베른에서 가장 유명한 니데크 다리와 곰 공원을 끼고 있기에 이 교회에 대해서 자세히 모르더라도 베른에 온 사람 중에 이 교회를 못 보고 지나치는 사람은 거의 없을 것이다. 그만큼 눈에 띄는 위치에 있다. 베른의 중심 도로인 크람 거리와 니데크 거리가 만나는 작은 공원 안에 있다. 다리를 건너 곰 공원으로 향하는 사람들이라면 십중팔구 한 번쯤 내려가 들러볼 만한 아담하고 아름다운 교회다. 외국 인터넷 자료에 따르면 니데크 교회의 자리가 원래는 아일랜드 수사가 건너와 복음을 전파한 작은 가톨릭 수도원이었다고 한다. 지금 그 자취는 고작 마당가 우물 정도만 남았을 뿐 중세에 새롭게 교회를 세울 때 기존의 구조물들은 없어졌다고 한다. 그래서인지 나는 베른 대성당보다 니데크 교회에 더 관심이 갔고 초기 수도원의 체취라도 느낄 수 있을지 궁금했다.

화창한 봄날 대성당에 들른 다음 고즈넉한 베른 시내를 천천히 음미하면서 크람 거리를 내려간다. 베른의 구시가지는 아담한 편이어서 직선거리로 2킬로미터밖에 되지 않는다. 끝에서 끝까지 걸어서 30분이면 충분하다. 10여 분도 채 안되어 바로 앞에 니데크 다리와 니데크 교회가 나타난다. 어느 정도는 예상했지만 관광지의 중심부에서는 수도원이라 하더라도 특유의 어둠과 침묵이 주는 종교적 침잠 혹은 아우라가 자리하기 어렵다. 그러나 몸도 추스르고 기분도 안정시킬 겸해서 교회 곳곳을 누벼본다. 관광객들이 안 보이거나 그들이 잠시만 빠져나가도 금세 깊은 침묵과 어둠, 그리고 진한 고요가 교회를 감싼다. 아무도 없는 곳만을 찾다 보니까 이 작은 교회에서도 훌쩍 한 시간을 넘겨 머무르게 된다. 그렇게 햇살 좋은 투명한 날, 아래 강과 강 주변의 붉은색 지붕들을 실컷 보고 맞은편 언덕 곰 공원으로 걸음을 옮긴다.

어둠을 통해서

세상을 아름답게 보는 법.

세상을 아름답게 표현하는 법.

세상을 사랑하는 법.

어둠 속에서

베른을 떠나며

이제 스위스를 떠나 남 프랑스와 알프스 접경 그르노블로 간다. 루체른과 베른을 언제 다시 찾을 날이 있을지 모르겠지만 많이 그리울 것 같다. 어느 길 하나 마음이 가지 않은 길이 없고 어느 골목 하나 사연과 상처와 이야기가 없는 골목이 없다. 훗날 시간이 흘러 다시 그들 거리, 골목에 선다면 어떤 감회가 들까? 알 수 없다. 그러나 지금의 이야기, 지금의 마음이 새겨진, 그러니까 아주 오래전 기억들의 상념들로 가슴 뭉클할 것 같다.

수도원 여행은 단지 수도원을 찾아가는 공간 탐색의 여정이 아니다. 수도원이라는 공간은 하나의 목표이고 좌표일 뿐 수도원 자체가 목적이나 의미인 것은 아니다. 매일 부딪히는 낯선 삶에서 아파하고 상처받고 위로받는 과정, 그리고 여행 속에서 내 안으로 품게 되는 성찰과 참회 속에 수도원이라는 장소가 있다고 생각한다. 실제로 이 여행을 다시 돌아보니 '수도원을 찾아간' 여행이었다기보다는 '수행'이 되어버린 여행이었다.

스위스를 떠나기 전에 알프스 호수를 보기 위해 마지막 목적지를 인터라켄으로 정한다. 인터라켄은 좌측으로 툰 호수, 우측으로 브리엔츠 호수를 거느리고 있다. 석양빛에 물든 툰 호수를 보기 위해 몇 차례 길을 놓치다가 우여곡절 끝에 8번 고속도로를 타고 베른을 떠난다.

06

묘지 교회,
신을 믿지 않는 자

"고통 없는 어둠은 없다.
어둠은 참회로부터 치유될 것이다.
그리하면 어둠은 걷힐 것이다."

신을 믿지 않는 자에게도 당신은 집을 열어주십니까.
신에게 기도하지 않는 자에게도 당신은 모습을 보이십니까.
당신 이름이 아닌, 신이라 뭉뚱그려 말해도 당신은 용서하십니까.
신성도 모르는 사람이 신성을 말해도
당신은 성령으로 인도하십니까.
주일은커녕 주기도문도 잘 못 외우는 사람을 당신은 사랑하십니까.
저는 알다가도 모르겠습니다.

제가 원하는 것은 당신도 아니고,
당신의 말씀도 아니고, 당신의 신성도 지문도 아우라도 아닙니다.
그저 저는 깊은 어둠, 왜 그토록 어둠이 좋은지 모른 채 어둠이 편안한,
아니 아주 어렸을 적부터 홀로 어둠에 싸인 것을 좋아했던
어둠에 깊이 매혹된 사람일 뿐인데
당신은 굳게 잠긴 문을 제게 허락해주십니까.
당신은 "구하라 그러면 구해지고", "두드려라 그러면 열릴 것이다."
하셨지만

저 역시 다른 사진가들처럼 피사체를 원하고 찾았을 뿐,
한 번도 당신에게 간절히 간구한 적 없는데
당신은 어찌 신을 믿지 않는 자에게도 당신의 집을 열어 보이십니까.

나는 당신 때문에 하마터면 무릎을 다칠 뻔했습니다.
앞을 분간할 수 없는 컴컴한 어둠 속에서 넘어질 뻔했고,
한동안 앞이 안 보여 의자에 부딪칠 뻔도 했습니다.
그러나 그것만은 인정합니다.
당신 때문에 바닥에 주저앉았고 당신 때문에 어둠을 헤쳤으며,
당신 때문에 빛을 볼 수 있었습니다.

그리고 하나 더 인정합니다.

신을 믿지 않지만 몹시 떨렸고 두려웠고,

어둠에 강한 제가 당신의 집에서 무서웠다는 사실입니다.

저는 지금도 전율합니다.

돌아와 사진을 보며 손에 하도 땀이 나서

몇 번을 손을 씻었는지 모릅니다.

도대체 무슨 영문인지 모르겠습니다.

저같이 이기적이고 독선적인 사람에게,

한갓 사진 속에 당신은 임하십니까.

아무리 당신이 "내 집에 있다 해도 바깥에 있는 사람이 있고,

바깥에 있어도 내 집에 있는 사람이 있다."고 하셨지만

저는 어디에도 있어본 적이 없는 사람입니다.

그러나 이렇게 간구합니다.

당신을 만나 모질고 질긴 어둠이 걷히면 좋겠습니다.

언젠가는 당신으로부터 그 깊은 어둠만큼이나 강렬한 빛을

온몸으로 맞고 싶습니다.

로잔의 그림 같은 풍경

바젤에서 제네바로 가는 국도변에, 그리고 제네바에서 샤모니몽블랑 방향 고속도로 옆으로 꽃이 장관을 이룬다. 꽃을 사랑하지 않는 사람이야 없겠지만 나는 눈부시게 화려한 꽃들에 유독 약하다. 아침을 먹고 바젤에서 제네바 방향으로 한참을 달렸을까, 휴게소가 나와야 하는데 보이지 않는다. 하는 수 없이 로잔 근처에서 시골 국도로 빠졌는데 그 순간 탄성을 지르지 않을 수 없었다. 야트막한 언덕을 도는데 왼편에 노란색 물감의 캔버스가 불쑥 모습을 드러낸다. 그림이다.

라사라즈의 풍경화 속으로

스위스 로잔, 제네바에서 안시, 그르노블 방향으로 간다는 것은 몽블랑 방향으로 간다는 것이다. 그러려면 스위스와 프랑스를 잇는 1번 고속도로 혹은 21번 국도를 타야 하는데, 스위스에서 프랑스로 향해 갈 때 '여기서부터 프랑스'라는 간판 다음에 만나게 되는 첫 번째 휴게소가 바로 라사라즈La Sarraz이다. 이곳 휴게소 주변 풍경은 프랑스 인상파 그림 그 자체다. 유채꽃 너머 마을이 라사라즈인 듯했다. 그러나 마을까지는 가지 못하고 돌아서야 했다. 잠시나마 풍경화 속을 걷는 느낌이었다.

수없이 거듭된 상처로부터 더는 아플 상처가 없을 듯한데
수없이 거듭된 고독으로부터 더는 쓰라릴 고독이 없을 듯한데
수없이 거듭된 번민으로부터 더는 갈등할 번민이 없을 듯한데

아프고
쓰라리다.
번민한다.

길의 정령 시시포스처럼.
아니 어쩌면 이카로스처럼.

시시포스 신화

07

엑스레뱅의
아무 수도원

수도원 여행을 준비하면서 가장 난감했던 것은 유럽 수도원에 대한 자료 부족이었다. 서점에서 수도원에 대한 책을 찾아보아도 만족할 만한 정보를 얻기가 어려웠다. 그러다 보니 수도원 여행의 출발점은 단순하게도 영화 〈위대한 침묵〉의 장소, 그러니까 카르투시오 수도원이 있다는 알프스 지역을 중심으로 삼게 되었고, 알프스를 끼고 있는 주요 4개국 가운데서 독일을 뺀 스위스, 프랑스, 이탈리아를 선택해 알프스에서 반경 300킬로미터 내에 있는 주요 도시의 수도원을 찾아가기로 막연하게 정했다. 완전 봉쇄수도원인지 준 봉쇄수도원인지, 완전 개방수도원인지 준 개방수도원인지 사전 지식도 전혀 없는 채로 가보는 수밖에 없었다.

알프스의 수도원이라고 하면 산골짜기에 숨어 있거나 혹은 고립되어 있는 수도원을 상상하게 되는데 이제 그런 수도원은 있을 수가 없다. 알프스 전 지역에 걸쳐 도로망이 잘 발달해서 중세 시대에는 첩첩산중이었던 곳이었다 하더라도 지금은 최고의 휴양지로 탈바꿈한 것이다. 그래서 아담한 시골 교회나, 과거에는 수도원이었지만 현재 가톨릭 성당이 된 곳이나 지역 개신교 교회로 바뀐 수도원까지 빼놓지 않고 찾아보기로 했다. 미리 정보를 얻지 못한 곳이라도 여행길에 운명적으로 만나는 곳은 무조건 방문해보기로 마음먹었다.

교회사에서 볼 때 개신교가 출현한 것은 1517년 마르틴 루터의 종교개혁 이후부터이므로 1500년 이전에 지어진 교회는 기본적으로 가톨릭 교회이다. 또한 중세 시대에는 수도원이 지금의 성당이나 개신교 교회만큼 일반적이었기 때문에 고딕에서부터 후기 고딕 양식의 교회 건물을 찾아보면 유명하지 않더라도 오래된 수도원의 모습을 만날 수 있을 거라고 생각했다. 프랑스의 엑스레뱅 지역 아무 수도원Hameau Le Clocher, 그리고 노트르담 교회가 그런 경우이다.

제네바에서 그르노블로 향하는 41번 고속도로(혹은 712번 국도)를 타고 가다가 프랑스 안시를 막 지나 샹베리에 이르기 전에 나오는 큰 도시가 론알프의 초입 엑스레뱅이다. 여기서 차를 몽블랑 쪽으로 돌리면 샤모니몽블랑이 나온다. 이곳에 중세 수도원이 있다는 것을 전혀 알지 못한 채 그저 달리다가 교회 건물을 보고 고속도로에서 빠져 나왔는데, 신이 그리 인도한 것인지 메리라는 아주 조그만 마을을 만나고 그곳에서 입간판을 보고 수도원이 있다는 것을 알게 되었다. 건물은 1400~1500년 사이에 지어진 후기 고딕 양식이었고, 이미 몰락한, 그러니까 더 이상 수도원 기능을 하지 못하는 곳이었다. 다른 목적지를 향해 달리다가 우연히 찾아들었기에 교회 문을 두드려보지도 못했고, 주변만 돌아보고 나올 수밖에 없었지만 이날의 호젓함은 참으로 좋았다. 조용한 수도원 길목, 그윽한 앞마당과 안뜰, 공동체 터전까지, 오래된 폐허의 건물들에 떨어진 봄날의 햇살들은 오래오래 기억될 만큼 아름다웠다.

08

엑스레뱅의
노트르담
교회

아무 수도원을 빠져나와 다시 왔던 길(41번 고속도로)을 타려고 17번 지방도
로를 탔을 때 느닷없이 나타난 곳이 엑스레뱅의 노트르담 교회Presbytere
Notre-Dame였다. 예사롭지 않은 느낌에 차를 세우지 않을 수 없었다. 물론 이
런 식이라면 수도원이 번성했던 프랑스의 경우 시골 마을의 교회들조차 어
느 하나 역사적이지 않은 곳이 없으리라는 것은 잘 알고 있었다. 그러나 이
번 여행에서는 '운명적인 발걸음'을 믿어보기로 했다. 신자가 아니기에 '계
시'라고 말하기까지는 그렇지만 그것이 운명이든 계시든 혹은 행운이든 간
에 운명의 발걸음을 믿었다.

노트르담 교회의 터를 샅샅이 살펴본 결과 이곳은 종교개혁 이후 지역 교회로 자리 잡은, 알프스 산자락에서 수도원의 역할을 하다가 세월이 지나 어떤 이유에서인지는 모르겠으나 교세가 약해지면서 지역 교회로 전락한 수도원인 듯했다. 스위스 알프스와 달리 프랑스 알프스의 얼굴은 몽블랑이다. 프랑스 알프스에서 수도원이 가장 많았던 지역은 샤모니몽블랑 혹은 안시 지역이다. 아무 수도원도 그렇고 지척에 있는 이 교회도 중세시대에는 일반인이 접근하기 어려운 첩첩산중 속에 있었을 것이다. 그런 곳에서 오래전 자급자족했던 집단공동체의 흔적을 발견하는 것은 어렵지 않다.

내가 자란 고향에 장로교회가 있었다. 중학교를 졸업할 때만 해도 건재했던 교회가 고등학교 때 내려가니 목욕탕으로, 대학교 때 내려가보니 음식점으로 바뀌어 있었다. 고작 10년의 세월 동안 그렇게 바뀌어버린 것이다. 이곳이 500~600년 세월 동안 어떤 풍상을 겪었는지 나로서는 알 수 없지만 몽블랑을 등에 업은 주변 마을의 교회 혹은 수도원들은 어쩌면 노트르담 교회와 비슷한 세월을 겪지 않았을까 싶다. 어느덧 쇠락하고 몰락해버린 폐허에 깃든 옛 수도원의 흔적들을 보고 있으니 마음 한편이 아려온다.

갈리아의 도시 그르노블

스위스 루체른을 떠나 프랑스 그르노블에 도착한 시간은 오후 세시 무렵이었다. 루체른에서 곧바로 알프스를 넘어 남 프랑스 엑상프로방스까지 가기에는 아무래도 멀다는 생각에 중간 기착지로 그르노블을 택했다. 처음엔 안시를, 그다음엔 샤모니몽블랑을 생각했는데 아무래도 엑상프로방스에 더 가깝고 고대 수도원을 본따서 지었다는 생탕드레 교회가 있다는 말에 그르노블을 택했다. 이제르 강 북쪽 언덕에 16세기에 지어졌다는 바스티유 요새 정상에서 보는 풍경이 장관이라고 하여 더욱 마음이 갔다.

하루만 머물기에 바람 쐬는 기분으로 이제르 강을 따라 올라간다. 생탕드레 교회를 들른 다음 근처에 있는 케이블카를 타고 바스티유 요새로 올라가 그르노블의 석양과 야경을 감상하기로 한다. 이제르 강은 강폭도 좁고 물살도 완만하여 강이라기보다는 하천에 가깝게 느껴진다. 수자원이 풍부하여 예부터 인심이 좋고, 기후도 좋아 대도시에서 은퇴한 사람들이 많이 이주해 노후를 보낸다고 한다. 어둠이 내릴 때까지 산책하듯이 그르노블 구석구석 골목들을 찾아들며 갈리아인들이 만들었다는 옛 도시의 골목 풍경을 만끽한다.

09

옛 수도원의 부활,
생탕드레 교회

그르노블에서 가장 큰 교회는 노트르담 성당이고 가장 오래된 교회는 생로 랑 교회이다. 이밖에도 생위그 교회, 시크레쾨르 교회 등이 있는데 나의 발 걸음은 생탕드레 교회Eglise Saint-Andre로 향했다. 생탕드레 교회는 1228년 에 지어진 가톨릭 교회이다. 전체적으로 고딕 양식을 유지하면서 부분적으 로 후기 로마네스크 양식이 가미된 중후하고 묵직한 건축물이다. 현판에 7~8세기 수도원 양식을 따랐다고 쓰여 있듯이 곳곳에 흙돌, 벽돌, 대리석 이 섞여 있으며, 고딕 양식이어서인지 어둠 또한 깊다. 주변의 가옥과 건물, 교회 앞과 뒤의 광장, 안뜰과 공원을 볼 때 규모가 상당히 컸던 가톨릭 교회 였던 것 같다. 현재는 주로 도서관이나 전시장 혹은 공연장으로 이용된다고 한다. 구시가의 중심지에 있지만 도시가 워낙 조용하고, 앞뒤로 광장을 두 고 있으나 중세교회가 주는 묵직함과 경건함이 균형을 이루고 있다.

옛 수도원이건 현재에도 계속되는 수도원이건 간에 공통적인 특징은 예 의 고요함이다. 아무리 시간이 흘러도 수도원이라는 공간에서만큼은 시 간과 무관하게 깊은 정적과 마음을 다독이는 정화의 기운, 안온한 사색이 흐른다.

더 이상 켜지지 않은 어둠의 등불처럼
더 이상 찾는 이 없는 온기 잃은 식탁처럼
어떤 기억은 기억을 위해 기억을 먹고 산다.

상흔

기억의 기억

아무리 지우려고 해도 지워지지 않는 기억이 있고
아무리 지키려고 해도 허무하게 빠져나가는 기억이 있다.
기억으로부터 고통받지 않으려면 그 반대가 되어야 하는데
신의 장난 때문인지, 신의 보호 때문이지 그러지 못한다.

지금까지 걸어왔던 수도원 길을 두고
"과연 그 길을 갔었는지 모르겠다."고 이야기한다면 어찌 해야 할까?
어느새 흘러가버린, 시간의 몰락으로 봐야 할까,
아니면 스스로 제자리를 찾아가는
놀라운 현실감각이라고 봐야 할까?

프로방스 가는 길

누군가가 그런 말을 했다. 프로방스를 간다는 것은 잃어버린 자연을 되찾는 것이라고. 강렬한 태양과 짙푸른 바다, 초록으로 물든 들판과 따뜻한 황토색 집들. 소위 프로방스풍이라 일컫는 이 오묘한 조화들은 프랑스 자연주의의 근원이자 유럽 감성의 원천이다. 그래서 예부터 화가와 문인, 음악가들, 이곳에 살면서 예술을 꽃피운 이들의 꿈의 아틀리에가 곳곳에 있다. 프로방스의 여러 도시들 가운데 유명한 곳은, 세잔이 태어나 자란 화실이 있는 엑상프로방스, 고흐의 영혼이 있는 아를, 그리고 생레미드프로방스와 교구가 있던 아비뇽이다.

엑상프로방스를 프랑스 수도원 여행의 베이스캠프로 삼고 닷새 동안 머물기로 했다. 수도원뿐만 아니라 오랜 예술의 정신과 영혼이 숨 쉬는 곳, 문학과 음악과 연극과 그림의 발원지가 되었던 곳들도 함께 돌아보기로 했다.

그르노블에서 엑상프로방스까지는 네 시간 정도 거리이다. 안개와 흐느적거리는 빗줄기 속을 뚫고 달린다. 엑상프로방스 방향 51번 고속도로에 진입하자 비로소 비가 그치고 하늘이 열린다. 구름이 다가오고 또 다가오고, 햇살이 비치고, 더욱 더 빛나는 프로방스 가는 길. 가보지 않으면, 달려보지 않으면, 마음을 실어본 적이 없으면 상상하기 어려운 길이다.

좁은 문

어둠도 고요도 사랑이다.
수도원은 건물 속에만 있는 것이 아니었다.

수도원에 그토록 가고 싶었고 깊은 어둠을 그토록 보고 싶었는데, 한 순간 어둠의 실체가 바로 내 안, 내 몸 안에 있음을 바라보게 된다. 그러면서 점점 수도원 문턱으로부터 자유로워지는 나를 발견하고 그럴수록 세속적인 욕망과 이기심과 독선의 상처 또한 깊어진다.

오늘의 고요가, 어둠이, 너무나 부드러운 것들이
완강한 껍질을 부수려 한다.
부드러운 안개비가 모질고 거친 철탑을 포박한다.
두 손을 든다.

10

고요의 샘,
생모리셍트리베
교회

하루만이라도 모든 걸 잊고 프랑스 론알프의 고요하고 아름다운 시골 마을을 걷고 싶지 않은가. 위대한 전원이라는 몽블랑의 대평원 론알프. 엑상프로방스를 향하는 길에 생모리셍트리베Saint- Maurice-en-Triéves에 이끌렸다. 너무 고요해서 오히려 초현실적이었던, 이 낯설고 기이한 시골 마을에서 두 가지를 보고 얻고 돌아섰다.

하나는 고요함이고 또 하나는 쓸쓸함이다. 1772년에 세워진 교회는 시골 방앗간처럼 마을의 길목 역할을 하고 있었다. 교회마저 없었다면 과연 누가 이 고요하고 쓸쓸한 적막강산 같은 마을을 찾아줄까 싶어 애잔한 마음이 들었다. 마을은 어림잡아 60여 가구 정도 사는 듯했다. 이 정도면 마을 인구는 고작 300명 안짝이리라. 놀라운 것은 이런 마을에 여관이 있다는 것이었고, 더 놀라운 것은 커피만 파는 카페가 있다는 거였다. 마을 이쪽에서 저쪽까지 고작 길어야 300미터 정도밖에 안될 텐데, 안내판은 론알프 지역 동서남북 어디든 떠날 수 있다고 말한다. 마을 곳곳 교회까지 방향을 표시해 두었다.

떠나갈 방향을 알려주면 과연 떠나갈 수 있을까,

지우며 돌아설 수 있을까.

세레스의 빛과 그림자

론알프의 그르노블에서 뒤랑스 강을 따라 엑상프로방스로 가는
1075번 지방도로는 빛의 무덤이다. 빛이 얼마나 밝은지 마음이 어두
운 자는 향할 수 없고, 빛이 얼마나 눈부신지 욕망 있는 자는 향할 수
없을 것 같다는 생각이 든다.

갭과 시스테롱이 갈리는 세레스에 도착하자 어느새 해가 중천에 있
다. 여기서 동쪽인 갭으로 향하면 니스로 향하는, 그 유명한 나폴레
옹 길이 나오고, 남쪽 시스테롱으로 향하면 오늘 밤 목적지인 엑상프
로방스에 이른다. 세레스를 지나다 이 조용한 읍내에서 커피 한잔 마
시고 싶어 시내 중심에 차를 세운다. 한적한 모퉁이 찻집에서 커피를
주문하고 커피가 나올 때까지 명멸하는 세레스의 빛과 그림자를 본
다. 이 빛은 데자뷔로 언젠가 다시 출현할 것만 같다. 어느 거리, 어느
모퉁이에서 누군가의 그림자와 환청과 환각이 얽혀 웅웅, 아른거릴
것이다.

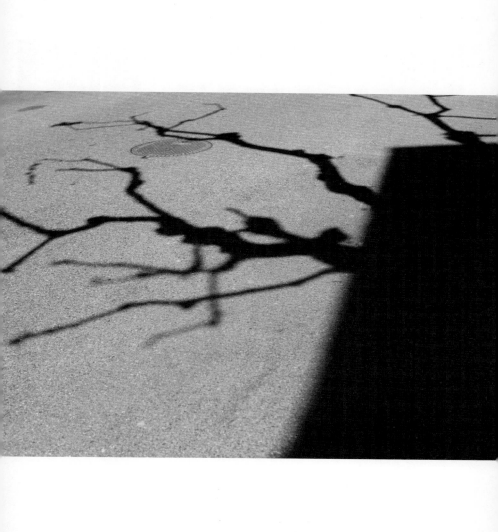

빛이 강하다.

빛이 강하면 그림자 또한 깊은 법.

허허로운 언덕 너머를 하염없이 깊게, 멀리, 오래…… 바라보면
너 모르게 눈 잃고 마음 잃고 생각조차 잃는다.
하늘과 땅, 생과 사가 맞닿은 경계에서
어디를 추스르고 어디를 못 본 채 스쳐갈 것인지는 햇살과 바람의 몫.
그래도 혹시나 하여 열 발자국은 돌아본다. 은은한 상실이다.

은은한 상실

11

플랑도르곤의
노트르담

프로방스에서의 첫날, 아침 여덟시에 생레미드프로방스로 향한다. 그곳에는
생마르탱 수도원과 고흐가 입원했던 정신병원, 그리고 노스트라다무스의
집과 사드 후작의 집이 있다. 엑상프로방스(라세트)에서 그곳까지는 약87킬
로미터, 1시간 40여 분이 소요된다. 고속도로도 있지만 날씨가 좋아서 시골
국도와 지방도로를 타기로 했다.

출발한 지 한 시간 정도 됐을까. 아비뇽 방향에서 생레미드프로방스로 좌회
전하는데 산 정상에 큰 교회가 보인다. 인근 마을 도로에 차를 세우고 아침
부터 산에 올라보기로 한다. 마을 안내판을 보니 이름은 플랑도르곤. 대략
12~13세기에 세워진 중세 도시이다. 마을에는 교회가 세 곳 있다고 나와
있다. 성 마리 교회, 성 로크 교회, 노트르담 교회. 마을 중심에 있는 성 마리
교회, 그리고 산꼭대기에 있는 노트르담 수도원 교회를 찾아가보기로 마음
먹었다.

마을 중심부 안내센터 바로 앞에 있는 성 마리 교회는 700~800년의 역사를 지닌 아담한 교회다. 이른 시간이어서인지 문은 닫혀 있다. 큰길가에서 교회로 올라가는 계단의 곡선미가 눈부시게 매력적이다. 나중에 돌아와서 이 마을에 대해 알아보니 인근 또 하나의 도르곤과 함께 아비뇽, 엑상프로방스의 관문이라고 한다.

노트르담 수도원 교회는 성 마리 교회 뒤편으로 난 산길을 800미터 정도 완만히 올라간 곳에 위치해 있다. 유럽의 중세 마을과 중세 교회는 특유의 보드라운 빛과 그림자에 감싸여 있고, 한적한 고요함이 그 공간을 메우고 있다.

12

플랑도르곤의
산상 수도원

노트르담 산상 수도원으로 오르는 길에 왼편으로 십자가와 기독교 표석들이 보인다. 그 생김새만 보아도 이 터가 중세 이전부터 지속되어온 곳임을 알 수 있다. 초기 아일랜드의 켈트 수도원의 원형과 아주 비슷한 문양들을 지녔고, 수도원 구조도 유사하다고 생각했는데 나중에 돌아와 찾아보니 이 근처, 그러니까 이곳에서 10킬로미터 떨어진 글라넘Glanum이란 곳이 BC 3~2세기에 켈트족의 성지였다고 한다. 그들의 고대 집단 촌락이 있었음이 1920년에 발굴을 통해 알려진 것이다. 몇 해 전 아일랜드를 여행하면서 성 패트릭 이후 활성화된 수도원들을 찾아가볼 기회가 있었는데 그곳 수도원들은 대부분 거친 들판이나 산악지역, 차가운 바람이 부는 바다 언덕에 위치해 있었고 그들이 사용한 십자가도 아주 특이했다.

플랑도르곤의 산상 수도원도 비슷했다. 자취만 남아 있을 뿐이지만 주거양식과 건축 구조, 기단이나 돌벽이 유사한 형상이었다. 산상 수도원 바로 밑에 있는 노트르담 교회의 건축 연도가 1325~1660년이니까 산상 수도원은 최소한 그즈음까지 존재하다가 아마도 루터의 종교개혁 이후 사라지고 이지역의 명소로 건재해 있는 것 같다.

예상치 않게 중세 이전의 수도원 원형을 만났을 뿐만 아니라 후기 고딕에서 르네상스 시기까지 건축 양식을 노트르담 교회를 통해서 볼 수 있었다. 특히 인상적이었던 것은 성당 안 고해성사실의 어둠이었다. 이날 이후로 극단적인 어둠 속에 있는 고해성사실을 주목해서 살펴보게 되었다.

수도자의 성격

수도원 꼭대기 혹은 지하실에 꼭꼭 숨어서 수행하는 수도자들을 만나기란 참으로 어려운 일이다. 백주 대낮에 돌아다니는 내가 문제인지 어둠에 숨어 있는 수도자들이 문제인지는 잘 모르겠다.

여행 중에 알게 된 사실 하나는 수도자들도 모두 성격이 다르다는 것. 친근한 수도자도 있다는 것.

살아가게 만드는 이유는 많다.
희망 말고도.

삶,
희
망

생레미드프로방스 가는 길

이토록 청량한 공기와 신록이 우거진 나무들과
아찔한 매혹의 들판을
오로지 프랑스에게만, 프로방스에게만,
생레미드프로방스에게만 선물한
신의 편파적인 애정에 질투심이 솟는다.

13

고독과
싸운 고독,
생폴 수도원과
반 고흐

나는 사진작가 중에서는 로버트 프랭크를 좋아하고 화가 중에서는 빈센트 반 고흐를 좋아한다. 두 사람을 좋아하는 이유는 "고독과 싸운, 고독을 사랑했던 사람"이기 때문이다. 내가 아는 두 사람은 다른 사진작가 혹은 화가와는 본질적으로 다르다. 작가로서의 명성, 작품 가치, 그에 대한 평가와도 관계없다. 두 사람은 언제나 어두웠고 어둠만큼이나 빛을 꿈꿨고 가혹한 절망만큼이나 희망을 붙들었던 사람들이다. 20세기 이전의 예술가에게 어둠과 절망, 고독은 지극히 자연스러운 것이었고, 익숙한 옷보다도 편안한 것이었다. 그러나 고독의 근원으로 들어가보거나 고독의 원형질을 깨뜨려 펼쳐보면 두 사람의 고독이 왜 위대한지, 왜 두 사람이 사진과 그림 분야에서 그토록 위대한 작가인지 윤곽이 드러난다. 그 깊은 고독으로부터.

생레미드프로방스에 있는 생폴 정신병원. 1840년에 병원으로 개조된 이곳은 원래 생폴 수도원Sanit-Paul Mausole Monastery이었다. 수도원이 정신병원으로, 교회가 목욕탕으로 탈바꿈한 것이 왠지 낯설지는 않다. 안정과 치유와 요양에 수도원보다 더 좋은 장소가 어디 있으며, 교회보다 깨끗이 씻어주는 공간이 어디 있는가. 수도원이었던 정신병원, 교회였던 목욕탕은 지극히 현실적이고 실제적인 치유와 정화의 공간이다.

고독과 싸운, 평생을 고독하게 살았던 현대사진의 전설 로버트 프랭크의 사진적 족적을 나는 모조리 추적했었다. 그리고 이제 고흐의 회화적 족적을 추적하는 것을 완료할 참이다. 고흐가 태어난 네덜란드 쥔데르트 시골 마을에서부터 1886~1887년 파리 몽마르트르, 1888~1889년 아를, 1889~1890년 생레미드프로방스에서의 족적을 거쳐 그가 마지막 숨을 거두고 동생 테오와 함께 안장된 파리 외곽의 오베르쉬르우아즈의 족적까지 다 돌아보았다.

프로방스에서 가장 먼저 들른 곳이 생레미드프로방스였던 것은 밀린 숙제 때문이다. 그동안 고흐의 여러 족적 가운데서 정작 생폴 정신병원을 방문하지 못했던 것이다. 고작 1년여 사이에 150점이나 그리게 만든 광기의 근원, 처절하게 고독과 싸워야 했던 곳, 고독은 어디에나 있지만 고독이 고독을 몰아내는, 고독의 고독이라 했던 곳. 고흐가 아를 병원에서 이곳 생폴 정신병원으로 온 것은 알려진 대로 귀를 자르고 만 광기 때문이다. 의지할 끈이 필요해 고갱을 초대한 지 9주 만에 자신의 귀를 잘라 창녀에게 주는 것으로 파국을 맞고 말았다.

외로워서, 의지하고 싶어서, 함께 나누고 싶어서 고갱을 불렀으나 두 사람의 존재 방식은 너무 달랐다. 고흐와 고갱의 다툼은 현실 묘사에 대한 표현의 의견 차이로 알려졌지만 그것은 파경의 본질이 아니다.

고흐: 해바라기를 그리려면 해바라기를 봐야 하고, 기차를 그리려면 기차를 봐야 해. 그게 진실이야.
고갱: 그럴 수도 있겠지……. 그런데 난 아니야, 난 자네와 달라……. 난 상상만으로 충분히 잘 그릴 수 있어.

미술사에서는 고흐와 고갱이 크게 다툰 이유를 그림에 대한 생각 차이라고 보지만 단순히 이런 이유뿐이었다면 투닥거린 뒤 압생트를 마시고 기분을 풀었던 일상적인 다툼과 크게 다르지 않았을 것이다. 고갱이 지나가는 말로 했던 이 말 한마디가 고흐로 하여금 귀를 자르고 죽을 때까지 고독과 싸우게 한 근원이 되었다.

"자네가 불러서 왔지만 난 자네 없이도 아무렇지 않아. 난 다시 예전으로 돌아가면 돼."

생폴 정신병원에서 내가 보고자 했던 것은 고독의 근원이자 본질이었고, 그 원형질이었다. 수도원도 정신병원도, 어떤 것도 고흐를 구원하지는 못했다. 대신 150점의 그림이 남았다. 고흐는 1889년 5월 3일에 이곳 생폴 정신병원에 입원하여 그해 가을과 겨울을 지내고 이듬해 파리 근교 오베르쉬르우아즈로 떠난다. 근 일 년의 시간 동안 고흐를 지킨 것은 삶과 죽음의 경계선에서도 빛과 희망이 되어준 그림이다. 어둠 속의 그림이, 그의 존재를 버티게 해주었던 고독의 마지막 보루였다.

삶은 고통이라는 사실을 몸으로 체감한 사람들.

그런 삶을 따를 수 없어 도구를 선택한 사람들.

각자의 도구를 통해 영원히 사는 사람들, 예술가.

고통 없이

노스트라다무스와 사드

생레미드프로방스에서 생폴 정신병원 다음으로 가보고 싶었던 곳이, 점성가이자 예언가였던 노스트라다무스의 집이었고, 그다음이 희대의 변태성욕자였던 사드 후작의 집이다. 그리고 마지막으로 보고 싶었던 곳은 남쪽으로는 노스트라다무스를, 북쪽으로는 사드 후작을 지켜보았던 생마르탱 수도원 교회이다. 그리고 나는 그대로 실행에 옮겼다.

한때 생폴 수도원이었던 생폴 정신병원 2층의 어두컴컴한 고흐의 방을 찾아갔고, 생마르탱 수도원 교회의 고요한 뒤뜰과 인접한, 그러나 오로지 빛과 그림자만 어슬렁거리는 노스트라다무스의 집을 찾아갔으며, 생마르탱 수도원 교회의 별관, 즉 부식창고 건물의 뒷문과 인접한 아치형 동굴 옆에 있는 사드 후작의 집을 찾아갔다.

고흐는 평생을 고독과 싸운 사람이다. 또 혼자와 싸운 사람이고, 고립과 싸운 사람이다. 고갱을 향한 질투, 그에 대한 광기, 광기 이후의 발작, 발작 이후에 쏟아낸 엄청난 창작력은 다른 어떤 것으로는 설명 불가능한 것이다. 모나쿠스 말고는. 이 같은 고흐의 모나쿠스적 성질 이상의 거대한 고독을 세기의 '신기神氣' 예언자 노스트라다무스에게서 발견한다.

노스트라다무스는 1503년 12월 14일, 사진 속 6번지에서 태어나 자랐다. 의학을 공부해 의사가 되었으나 1537년 흑사병으로 아내와 자녀를 모두 잃었다. 1543년에 살롱드프로방스로 내려와 재혼한 뒤 번역서 몇 권을 펴냈고, 1555년 생레미드프로방스의 집으로 와서 교회의 종소리를 들으며 그 유명한 예언서 『백시선』(1~3부)을 썼다고 한다. 이때부터 점성가로 주목받았는데, 우연찮게 1559년 앙리 1세가 마상 시합에서 입은 부상으로 사망한 사건이 노스트라다무스의 예언서에 나온 내용과 일치한다는 소문이 퍼지면서 예언 능력을 인정받았다. 그러나 정작 노스트라다무스는 자신의 신비스러운 예언 능력이 어디까지나 집 뒤에 계신 하느님에게서 비롯된 영감이라고 했다. 그래서 나는 그 말을 노스트라다무스의 집에 가서 확인하고 싶었다. 하늘은 어찌 열려 있고 또 어찌 닫혔는지, 성당의 종소리는 어떻게 천국의 나팔 소리였고 죽음의 장송곡이었는지, 그것들이 어떻게 좁은 거리를 휘감으면서 울려 퍼졌는지를 그곳에서 상상하고 싶었다. 또 밤의 비밀은 어찌 낮의 음모를 감추고 누설했으며 고독의 불길은 어떤 모습으로 3층 다락방까지 퍼졌는지 꿈꾸고 싶었다. 그리하여 하늘의 뜻을 읽고, 오로지 모나쿠스적으로 하늘의 믿음에 닿으려 했던 그 미친 신기의 근원을 가늠해보고 싶었다.

"그날과 그때는 아무도 모르나니 (…) 오직 [하느님] 아버지만 아시느니라.
나는 그저 하늘의 별과 어둠과 흐느낌을 통해서 어둠 저쪽의 비밀을 살짝
엿보느니라.
그저 나는 밤에 홀로, 비밀 서재의 청동 제단에 편히 앉아 있노라.
잔잔한 고독의 불길로부터 믿음이 헛되지 않았음을 오로지 홀로 깨닫노라."
—노스트라다무스, 『백시선』 제1부 1편 중에서

아무도 없는, 인적 끊긴 좁은 골목에서 한참 동안 노스트라다무스의
비밀 서재를 올려다보다가 북쪽으로 걸음을 옮긴다. 북쪽에는 희대의
엽기적인 변태성욕자, 난봉꾼, 노름꾼, 바람둥이 원조 사드 후작의 집
이 있다. 1740년 6월 2일, 바로 이곳 생레미드프로방스에서 태어난
사람, 사드 후작.

"그를 향한 시각의 변천 과정을 연구한다는 것은 곧 20세기 사상사를 기술
하는 행위나 마찬가지가 된다. 정신병리학, 정신분석학, 철학, 정치학, 그
리고 언어학에 이르기까지 저마다 후작을 자기들 제단에 모시려고 난리
다. 주장하는 비중이 어느 정도이냐에 따라 제반 인문과학들은 마치 이불
한 귀퉁이를 차지하듯 각자 자기 몫의 사드를 차지한다."
—장 폴 블리겔리

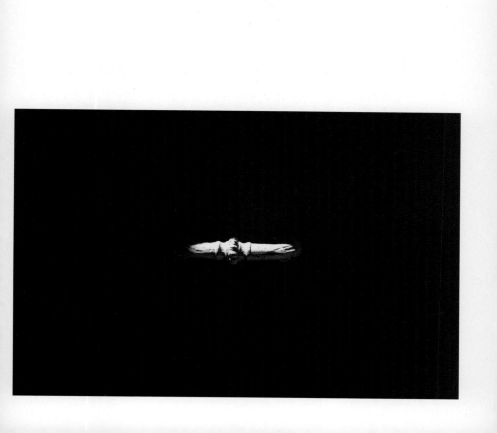

그렇다. 사드의 방탕은 하늘을 찔렀다. 그 대가로 20여 년간 감옥과 정신병원에 있었고 그때마다 세상을 깜짝 놀라게 할 희곡과 소설들을 실명 혹은 익명으로 썼다. 그리고 1814년 12월 2일 눈을 감았다. 그는 유언장에 이렇게 적었다.

"내 무덤 위에 여러 가지 과실수를 심어서 무덤의 흔적조차 없애주기 바랍니다. 사람들의 뇌리로부터 나에 대한 기억이 깨끗이 사라지는 게 더없이 기쁠 따름입니다."

하지만 그의 이름은 세월이 흐르면서 오히려 점점 더한 악명을 얻었을 뿐이다. 나는 그의 집 앞에 섰다. 그리고 대문에 떨어진 빛과 어둠을 바라보면서 그런 생각을 했다. 과연 그가 우리에게 준 것은 무엇인가. 성욕에 대한 일깨움인가, 공포인가. 신성모독을 쾌락과 연결시킨 그의 행위는 곧, 금기와 인습에 대한 전복, 도전이 일으키는 충격과 공포는 아니었을까. 왜냐하면 누구도 사드의 소설을 읽고 고통을 느꼈을지언정 성욕을 느꼈다고는 하지 않았기 때문이다. 나는 사드 후작에 대한 자료를 인터넷에서 찾다가 이 말을 발견하고 고개를 끄덕거렸다. 그것은 내가 사드의 집 앞에서 바라본 그의 모나쿠스적 모습이었기 때문이다. 먼저 사드의 말을 들어보자.

"나의 세계는 '고립주의isolisme' 세계일 뿐. 이 세상 모든 존재들은 서로 고
립된 상태로 태어나며, 각자 서로를 전혀 필요로 하지 않지. 그 누구도 나에
게는 아무 의미가 없으며, 그와 나 사이에는 최소한의 관계조차 존재하지
않아 (…) 남들이 느끼는 가장 극심한 고통은 단연코 우리에겐 아무런 의미
도 없는 반면, 우리가 경험하는 가장 미미한 쾌감이 우리를 감동시키지."

그리고 이것이다.

"적어도 사드에게 허무와 쾌락은 종이 한 장의 차이였다. 엽기로 치부되고
외면당하지만, 인간이 무엇인지(또 무엇이 될 수 있는지)에 관해 이야기할 때
마다 우리는 마치 목에 걸린 가시처럼 그의 존재를 인식하지 않을 수 없다.
사드가 남긴 작품의 가치는 아마 거기서 찾아야 마땅할 것이다."

나는 분명히 보았다. 생폴 정신병원에서 고흐의 모나쿠스적 광기를,
노스트라다무스 집에서 신기를, 사드 후작 집에서 엽기성의 근원을.
그리고 이것들이 모두 하나로 통한다는 사실을 알았다. 어떤 경우든
퇴로 없는 고립의 일방통행로. 나는 이를 모나쿠스적 고독, 즉 고독에
저항한 고독이라고 생각한다. 수도원 안에서, 밖에서 미쳤던 고독들.

191

서로 떨어져 있다는 것도 아니다.
서로 마음이 안 맞는다는 것도 아니다.
서로 생각이 다르다는 것도 아니다.

극과 극이란
한쪽이 기울 때 헤아리지 않는 마음이다.

아를의 푸른빛

큰 길 가득히 푸른빛을 번뜩이며 버티고 서 있던 이 큰 건물이, 조금 전에 보았는데도 지금은 불이 나서 물을 맞은 것처럼 거무데데하고 을씨년스러운 모습을 하고 있구나. 아! 이젠 틀렸다. 반년 동안의 수고와 꿈과 피로와 희망이 모두가 불과 하룻밤의 가스등 불길에 타서 없어져버리고 말았구나.
― 알퐁스 도데, 「풍차방앗간 편지」 중에서

내게도,
수년 동안의 수고와 꿈과 피로와 희망이 모두가
불과 하룻밤의 가스등 불길에 타서
없어져버리고 말았다고 느끼게 했던
그날 아를의 푸른빛.

14

아를의
생트로핌
수도원 교회

프로방스의 도시 중 아를과 아비뇽은 5년 전에도 찾은 적이 있다. 5년이라는 시간이 흘렀어도 유럽의 중세 도시들이 그렇듯이 그리 변한 게 없다. 구시가 공화국 광장도, 고대 극장과 원형경기장도 그대로이다. 5년 전 아를을 찾았던 이유는 고흐 때문이었다. 아를과 고흐는 떼려야 뗄 수 없는 관계이다. 고흐는 1888년, 35세의 나이로 이곳을 찾아왔다. 그리고 15개월여 만에 200점이 넘는 그림을 이곳에서 창작해냈다. 아를은 고흐의 영혼인 셈이다. 5년 전에는 하루 종일 고흐에게 그림의 무대가 된 곳들을 찾아다녔고 땅거미가 질 무렵엔 고흐의 그림 〈밤의 카페〉에 그려진 '카페 반 고흐'에서 맛있는 식사를 했다. 5년 만에 찾은 아를에서도 그때처럼 고대 유적을 돌아보고 5층 높이로 줄지어 선 중세 가옥들 사이를 걷고 해 질 무렵에 론 강으로 나가 석양빛에 흠뻑 젖어본다. 그리고 아쉬운 석양을 뒤로하고 카페 반 고흐를 찾아가 만찬을 즐긴다. 단 하나 다른 점이 있다면 이번 방문의 주목적은 생트로핌 수도원 교회 Eglise Saint Trophime라는 점이다.

육중한 목제 대문을 통과하면 오른쪽이 교회 건물이고 왼쪽이 수도원 건물이다. 지금은 교회 건물은 전시 공간으로, 수도원 건물이 교회로 사용되고 있다. 그러나 이곳은 현재 출입할 수가 없다. 따라서 1100년경에 지어진 수도원의 전모를 보는 것은 불가능하고, 회랑(중정), 포르타유(정문)에 나타나는 '선택받은 자'와 '버림받은 자'의 조각성, 이층으로 올라가 역시 회랑을 통해 건너편 수도원 건물과 종탑, 현관 회랑을 내려다보는 정도로 만족할 수밖에 없다. 회랑이 수리 중이긴 해도 감상하는 데는 문제가 없다. 5년 전 여름, 이곳 그늘 밑에서 짧지만 맛있게 낮잠을 잤던 기억이 다시 생생하게 살아났다.

말로는 다 설명할 수 없는 색도 있다.
눈으로는 다 헤아릴 수 없는 색도 있다.

아를, 도시의 빛깔

세잔의 아틀리에

먼 길을 온 듯하다. 아를에서 엑상프로방스까지의 거리는 고작 90킬로미터 남짓인데 가깝다면 가까운 이 길이 마치 길을 잃어 가까스로 찾아온 듯 아득하게 느껴진다. 어느덧 저만치 멀어지는 아를……

세잔의 고향인 엑상프로방스에는 그의 화실이 남아 있다. 미술사에서 폴 세잔은 '근대회화의 아버지', '정물화의 대가'로 불린다. 세잔의 그림이 인상파에서부터 입체파까지 워낙 지대한 영향을 미쳤기 때문에 근대회화의 아버지라 하는 것이고, 또 정물화에서 빼어난 미학을 보여주었기 때문에 정물화의 대가라고 일컫는다. 모든 면에서 세잔의 영향을 받았다고 하는 피카소는 몽마르트르 화실에서 늘 그런 말을 했다. "정물이라면 세잔에게 물어라. 구조와 형상, 형태와 색

채에 대해서라면 더욱 그에게 물어라." 피카소는 몽파르나스로 화실을 옮겼을 때도 이런 말을 했다. "나는 두 눈을 여러 눈처럼 보려 했으나 세잔은 여러 눈을 두 눈처럼 보려고 했다. 추상과 기하학이라면 나보다 열 걸음이나 앞서 걸었다."

세잔에 관해서는 긴 말이 필요 없다. 그는 사진이 태어난 해인 1839년에 태어났다. 사물을 보는 그의 눈은 매우 탁월하다. 에밀 졸라의 권유로 그림을 시작한 세잔에게 오브제는 '인상'이다. 그가 얼마나 집요하게, 그리고 세밀하고 치열하게 대상과 마주했는가는 그의 그림이 말해준다. 아니, 엑상프로방스 구시가 북쪽 끝 파스퇴르 대로에 있는

그의 아틀리에에 가보면 알 수 있다. 그곳의 모든 색채, 모든 오브제, 모든 빛, 모든 형태에서부터 형상, 구조, 관계까지 그림 그대로이다. 그림을 그린 것이 아니라 존재를 투영했고, 오브제를 옮기는 것이 아니라 우주적 질서와 관계를 옮겼다. 그의 아틀리에는 그래서 캔버스이고 그 캔버스는 곧 그의 존재였다. 그림 속 오브제들, 또 그가 즐겨 쓴 색채를 보면 빛의 음영과 구조가 이루는 존재의 질서가 곧 자연의 질서라는 사실을 깨닫게 한다. 세잔에게 수도원은 자신의 아틀리에였다. 그의 아틀리에가 그의 수도원이었고, 그의 수도원은 그의 그림이 되었다. 아틀리에는 그 모든 것들이었다.

디터 모젤트

"세잔이 환생한 줄 알았습니다. 혹시 화가이신가요?"

"아닙니다. 전직 번역가입니다. 독일 사람입니다. 관광 왔지요."

"어찌 그리 화가의 풍모를 지녔습니까? 세잔의 화실에 너무 잘 어울리십니다."

"쑥스럽네요. 이따금 미술관이나 화실에 가면 화가로 보는 사람이 있긴 합니다."

"그럼 현재 하시는 일은 무엇인가요? 명함이 있으신가요?"

"보기보단 나이가 많습니다. 아내와 여행만 다닙니다. 그런데 어디서 왔나요?"

"저는 한국에서 왔습니다. 사진가입니다."

"아! 한국이요. 제 손자를 한국에서 입양했습니다. 너무 귀엽지요. 사진이 어디 있을 텐데……. 아! 찾았다. 여기 있네. 여보, 이분이 한국에서 오셨대. 이리 와서 인사 좀 나눠요."

그렇게 찍게 된 사진. 세잔의 화실에서, 예기치 않은 시간으로부터.
그의 이름은 디터 모젤트Dieter Moselt.

15

생소뵈르
대성당

엑상프로방스를 또 하나의 거점으로 잡은 것은 세잔의 아틀리에와 생소뵈르 대성당Cathédrale Saint-Sauveur 때문이다. 생소뵈르 대성당은 로마 시대부터 르네상스 시대까지 꾸준히 증축되어서 아주 독특한 모습을 하고 있다. 감식안이 있다면 성당 안팎에서 나타나는 여러 가지 건축 양식, 디자인 양식들로부터 유추할 수 있을 것이다. 성당 안으로 들어가보면 로마 시대 초기 교회의 모습이 원형 그대로 보존되어 있다. 초기 교회의 특징과 함께 초기 교회가 수도원의 역할을 겸하고 있었다는 사실을 교회 건물과 부대시설을 통해서 알 수 있다. 역사적인 건물인 셈이다. 한자리에서 다양한 교회 건축의 양식들을 볼 수 있다는 것도 이 생소뵈르 대성당의 가치라고 할 수 있다.

그러나 나는 교회 건축이나 조각, 그림보다는 오로지 수도원의 깊은 빛과 어둠에 집중한다. 그래서 성당의 가장 깊은 곳으로만 발걸음이 추적하는 대로 찾아들어간다. 대성당의 어둠은 말할 수 없이 깊다. 그렇기에 그 어둠 속에서 빛나는 것들은 더욱 예사롭지 않은 광채를 발산한다. 그래서 이곳에서는 어둠을 응시하게 되고, 그 어둠을 보고 있노라면 어딘가 숨고 싶은 마음이 든다. 어둠에 숨으면 내 안의 또 다른 눈이 나 자신을 본다.
지치고 지친 내가 어디로 향하고자 하는지, 무엇을 원하는지, 깊게 바라볼 수 있는 어둠을 지닌 곳이 바로 생소뵈르 대성당이다.

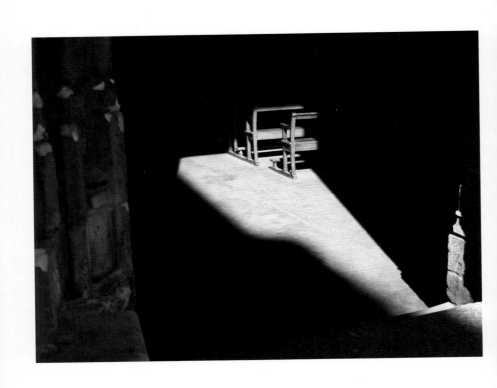

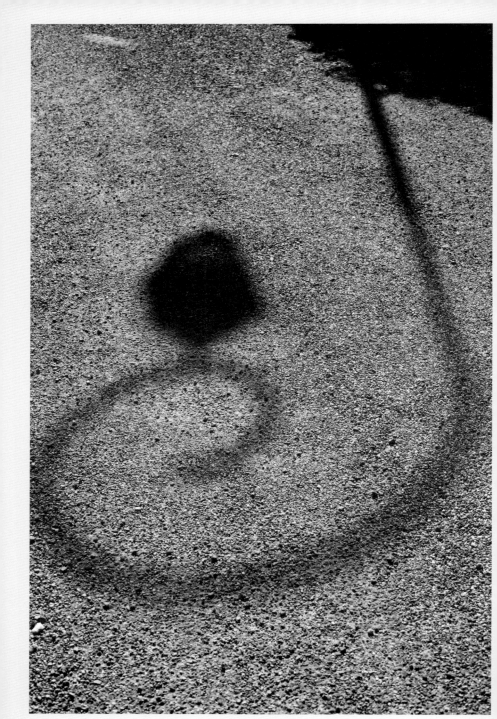

유예된 멜랑콜리

사진의 시간은 잠시 멈춰진 유예된 시간이다.
유예된 시간은 언제나 슬프면서 아름다운 멜랑콜리.
아직 당신이 넘지 못하고 통과하지 못하는 어둠의 멜랑콜리이다.

16

푸보의
생미셸 수도원 교회

푸보Fuveau라는 곳은 엑상프로방스에서 서남쪽으로 약 15킬로미터 떨어진 곳에 있는 전원 마을이다. 세잔이 즐겨 그렸던 생빅투아르 산을 조용히 건너다보고 있다. 워낙 작은 마을이라 내비게이터가 이곳으로 잘못 이끌지 않았다면 그냥 지나쳤을 곳이다.

생소뵈르 대성당과 세잔의 아틀리에를 빼면 엑상프로방스는 인상적이지 못했다. 생각보다 큰 도시였고, 시끄럽고 번화한 곳이었다. 내가 기대한 엑상프로방스는 예술가들의 마을이자 예술가들이 가장 사랑하는 마을 중 하나로 알려져 있는 만큼, 아비뇽보다도 멋지고 아를보다 화려하고 생레미드프로방스보다 훨씬 더 예술적 기운으로 넘치는 곳이라 생각했다. 그러나 아직 가을이 도착하지 않은 탓인지 엑상프로방스는 조금 실망스러웠다. 그에 비해 푸보는 조용하고 아름다운 마을이었다. 상대적으로 그렇게 느껴졌는지도 모르지만, 나는 대번에 이곳에 마음을 빼앗겨버렸다.

푸보의 골목길은 너무나 조용했다. 그곳에는 나뿐이었다. 마을 꼭대기로 어슬렁거리면서 올라가자 정상에 교회 하나가 나타났다. 생미셸 교회Eglise Saint-Michel. 연혁을 보니 1853년부터 1874년 사이에 지어졌다. 교회 정면의 파사드가 아주 독특하다. 신고전주의 양식. 아무도 없는 교회 안으로 조용히 들어가 가만히 의자에 앉아보기도 하고 하얀 성찬보에 입맞춰보기도 하고 고해성사실에 앉아 내 안의 고백을 들어보기도 하면서, 그렇게 어둠과 친해진다. 돌아서는 길에 교회의 역사를 알리는 안내책자를 손에 쥔다. 푸보의 역사도 짧게나마 기술되어 있다. 푸보는 약 14~15세기에 수도원 중심 마을로 형성되기 시작하여 17~18세기에 가장 번성하다가 쇠락했다. 마을 정상에 자리한 생미셸 교회는 몰락한 인근 수도원을 대신해 세워진 수도원 교회로 역할을 하다가 현재는 개신교 (수도원) 교회를 겸하는 전형적인 마을 공동체 교회로 자리 잡았다. 프랑스혁명 이후에 등장한 프랑스 수도원 교회 중에서도 지역 주민들과 함께하는 친대중적인 수도원 교회로 알려졌다.

마을 전체를 돌아보는 데는 두세 시간이면 충분하겠지만 골목 구석구석까지 걸어보려면 한나절은 족히 걸린다. 엑상프로방스를 지척에 둔 곳에 이렇게 평화롭고 아늑한 수도원 마을이 있을 줄이야.

푸보의 프로방스풍

푸보의 수도원 마을은 전형적인 프로방스풍
이다. 푸보의 스타일은 아비뇽이나 아를과는
다르고, 이웃한 엑상프로방스와도 다르고, 프
로방스풍 마을로 가장 알려져 있는 에즈나
망통과도 다르다. 건축과 인테리어의 역사에
서 보면 지중해의 프로방스풍은 종교적 건축
과 종교적 농경문화에서 비롯되었다고 한다.
와인과 올리브, 농기구의 최대 생산지가 중세
수도원이었다는 사실은 익히 알려져 있다. 수
도원을 중심으로 발전한 대부분의 유럽 도시
들처럼 남 프랑스의 주요 도시들에서도 와인,
올리브, 모직, 원예, 농기구와 관련된 경제활
동이 번창했다.

푸보의 아름다운 프로방스풍 건축 구조, 인테리어, 그리고 여기에 얹힌 색깔과 원예는, 프로방스풍이 단순히 지중해성 기후 때문이 아니라 수도원 마을의 종교적 공동체, 농업적 공동체로부터 비롯되었음을 보여준다. 서구의 다른 인테리어 양식들에 비해 프로방스풍이 자연적이고 친환경적인 것도 그런 이유를 지녔기 때문이 아닌가 하는 생각이 든다.

푸보의 골목길을 천천히 걸으면서
프로방스풍의 매력에 흠뻑 빠져본다.

색의 아름다움, 빛의 아름다움, 구조의 아름다움.
그리고 그 모든 것들의 조화.

당신의 빛에서 시간의 냄새를 맡는다.
아련한 추억의 냄새, 그리움의 냄새를 맡는다.
사진이란 알고 보면 동일한 장소에서 두 신체가 만난 자국.
저 아득한 빛에서, 이완된 포즈에서 시간의 냄새를 맡는다.
당신이 내게 준 마지막 포즈. 당신 것.

시간의 냄새

17

아비뇽의
생마르티아르
수도원

프랑스 여러 도시 가운데 가톨릭과 관련하여 가장 중요한 도시는 아비뇽이다. 로마 바티칸이 프랑스 아비뇽으로 옮긴 엄청난 사건이 있었기 때문이다. 서구 역사에서는 이를 '아비뇽 유수'라고 기록하고 있는데, 1309년 교황 클레멘스 5세가 프랑스 국왕에 굴복하여 교황청을 로마에서 아비뇽으로 옮긴 사건을 일컫는다. 1309년부터 약 70년간 7대의 교황이 아비뇽에 살았다. 교황이 있었기에 아비뇽에는 추기경들도 많았고 추기경들이 많았기에 이와 연계된 주교들도 많았다. 이 시기, 그러니까 1300~1400년 사이에 아비뇽엔 크고 작은 수도원 교회가 생겼다. 지금도 상당수가 그 모습 그대로 자리하고 있는데 아비뇽 외곽 빌뇌브 베네딕도 수도원이 가장 크고, 세레스탕 수도원, 생디디에 교회, 생마르티아르 수도원, 카르메 교회, 생피에르 교회, 생탕드레 수도원 등 교황청까지 합한다면 아비뇽은 프랑스에서 가장 크고 웅장하고 역사 깊은 가톨릭 도시 중 하나일 것이다.

시간이 허락되었다면 14세기경 교황 인노첸시오 6세에 의해 세워졌다는 아비뇽 외곽에 있는 빌뇌브 베네딕도 수도원을 꼭 가보고 싶었다. 그러나 일정상 생마르티아르 수도원과 카르메 수도원 교회Cloître, Place et Jardin des Carmes를 찾아보기로 했다. 지금은 대학 부속건물과 호스피스 병동으로 이용되는 생마르티아르 수도원은 13세기에 지어진 아주 오래된 수도원이다. 대리석보다는 흙담이 많고 로마네스크 양식에 초기 고딕의 모습이 간간이 섞인 매력적인 건축 양식으로 지어졌다. 처음에는 봉쇄 여자수도원이었다고 한다. 그러나 이미 수도원으로서는 기능을 상실해서인지 인적이 드물다. 나무 한 그루 없어 쓸쓸함이 묻어나는 쇠락한 수도원이다. 아비뇽 시내에 이런 수도원이 여러 군데 있어서인지 사람들도 근처 카르메 교회와 달리 생마르티아르 수도원은 그저 아이들이 축구하고 뛰어노는 공터 정도로 여기는 듯하다.

한참을 물어 찾아온 길이라 나는 모처럼 호젓하게 벽에 기대어 사색에 잠긴다. 이런 기분은 루체른 외곽 엥겔베르크 수도원 이후 처음인 것 같다. 이 여행은 수도원을 찾아가는 길이고 그곳에서 마음을 다듬는 길이다. 또 시간과 공간에 관계없이 빛과 어둠, 고요와 침묵을 사랑해보는 일이다. 홀로 수도자처럼 모나쿠스가 되어 자기를 찾고 자기를 놓고 자기를 버려보는 일이다. 자기 자신을 향한 사색에 스스로 깊게 빠져보는 시간이다. 그렇지 않다면 흔한 유럽의 교회와 성당, 박물관을 방문하는 여행과 뭐가 다르겠는가. 텅 빈 수도원, 텅 빈 교회에서 오로지 혼자, 편안한 마음으로 마음 산책을 한다.

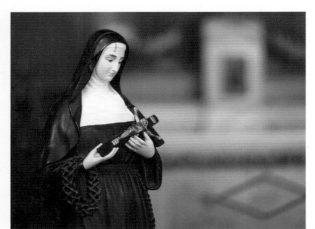

찬란히 떨어지는 빛.
숨죽인 존재의 순간.
그렇게 막 지나가는 시간.

빛의 현현顯現

18

아비뇽의
교황청

13세기 후반부터 교황권은 지금까지 누려오던 도덕적인 우월성을 상실하게 되었다. 우월성을 상실하게 된 첫 번째 원인은 교황들이 아비뇽에 머무르고 있는 동안에 프랑스에 굴복하였기 때문이고 다른 또 하나는 교회의 대분열the Great Schism이었다. 15세기의 교황권은 이탈리아 군주들의 하나로 격하되었고, 이때부터 종교개혁의 압박과 그 복잡하고도 무질서한 이탈리아의 권력 투쟁 속에 휘말리게 되었다.

그랬다. 위세가 하늘을 찔렀던 교황청은 1305년부터 1377년까지 약 70년 동안 아비뇽에 있었다. 프랑스 출신의 교황 클레멘스 5세가 프랑스 왕 필립 5세에 휘둘렸기 때문이다. 이때부터 교황권은 균열되기 시작하고 갈수록 더욱 무너져 결국 마르틴 루터의 종교개혁에 직면한다.

교황청이 아비뇽에 있던 시대에 교황권의 타락은 심각했다. 오죽했으면 "모든 종류의 악행이 교황 궁전의 깊은 곳에서 이루어졌다."고 했을까. 공식적으로 이 기간에 일곱 명의 교황이 있었고, 아비뇽과 로마에 각기 한 명이 있었을 때, 또 프랑스 왕으로부터 추인을 받지 못한 베노이트 12세까지 포함하면 아비뇽 시대 교황은 아홉 명이었다. 이들의 운명과 종말은 교황청에 달려 있었다. 14세기에 들어 나라를 지배하는 군주의 왕권과 신을 대리한 교황권의 대립은 결국 르네상스, 그러니까 이성 중심, 계몽 중심의 새로운 시대를 불러냈다. 이렇듯 하느님의 사제들이 무소불위의 권력과 살육, 온갖 악행과 비리를 저지른 암흑의 시대 중세가 서서히 막을 내리는 그 중심에 70년, 아비뇽 시대가 있었다. 그러나 아무리 세월이 흘러도 빛과 어둠은 늘 한 몸이기에 세월이 흘렀어도 교황청의 빛과 어둠은 그대로이다.

유서 깊은 도시의 특징은 빛이 드나드는 창문에서 발견된다.
조그만 창 하나에서 한 사람, 한 도시, 한 제국, 한 종교의
역사적 격랑을 보는 데 부족함이 없다.
그런 창문들은 한 사람, 한 도시, 한 제국, 한 종교를
그저 조용히 품는다.

창

프로방스의 진주, 에즈

이제 프로방스의 마지막 도시 에즈를 거쳐 이탈리아로 간다. '프로방스의 진주'. 수식어는 더 필요치 않을 것이다. 망통과 더불어 인테리어 디자이너들이 가장 찾고 싶어 하는 도시이다. 프로방스풍 인테리어의 모든 것이 그곳에 있다. 마을 전체가 해발 429미터 바위산에 얹혀 있는데 마을 남쪽과 서쪽은 험한 절벽이다. 그래서 집들과 길들이 모두 바위와 돌, 부분적으로 흙담으로 이루어져 있다. 현대식 자재를 쓸 필요도 없이 수백 년 동안 옛 모습 그대로이다. 에즈의 특징은 아름다운 골목길과 예쁜 상점, 그리고 바다를 향한 레스토랑이다. 골목길에는 차가 들어가지 못한다. 아니 들어갈 방법이 없다.

가랑비가 살짝 내리고, 조금은 미끄러운 대리석 위를 조심스럽게 내딛으면서 에즈의 매혹적인 골목길들을 누빈다. 비가 내리는 터라 초록은 더욱 싱그럽고 길은 빛나며, 담벼락과 장식물들은 더욱 짙고 짙은 진흙색을 띠면서 낯선 여행자를 반겨준다.

19

신의 도시
친퀘테레,
몬테로소 성당

신이 내린 도시라는 이탈리아의 친퀘테레. 리구리아 해에 면한 친퀘테레 Cinque Terre는 이탈리아 말 그대로 '다섯 마을'이라는 뜻이다. 몬테로소, 베르나차, 코니글리아, 마나롤라, 리오마지오레는 500년도 전부터 주민들이 바닷가 절벽에 집을 짓고 포도를 경작하며 마을이 형성되어 이어져왔다. 유네스코 세계문화유산으로 지정된 곳이기도 하다.

친퀘테레에는 비록 수도원은 없지만 다섯 마을 곳곳마다 중세 시대부터 지어진 성당들이 마을 꼭대기에 자리하고 있다. 친퀘테레는 자동차 출입이

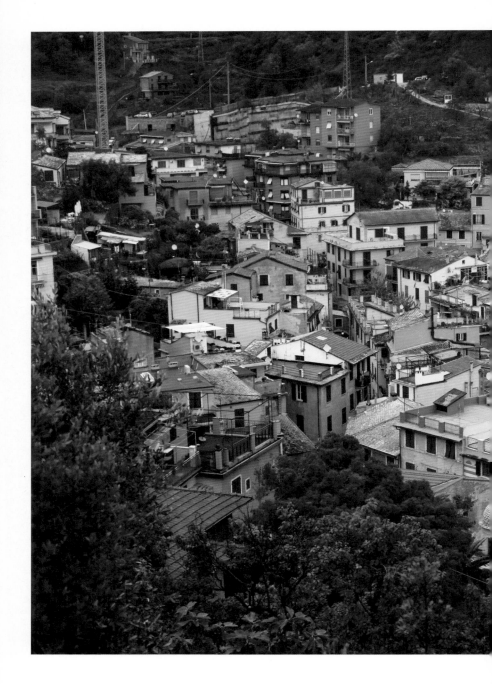

제한되어 있어 인근 도시 라스페치아에서 기차를 타고 가는 것이 일반적이다. 다섯 마을 가운데 가장 끝에 위치하면서 가장 번화한 곳이 몬테로소이다. 친퀘테레의 여정은 대개 몬테로소에서 출발해 리오마지오레로 끝난다. 이탈리아 해안 마을들이 대개 그렇듯이 집들이며 거리 곳곳의 색깔이 아름답다.

몬테로소는 마을 전체가 수도원인 듯 느껴진다. 11세기에 형성된 마을이므로 몬테로소 성당Chiesa Monterosso의 역사 또한 비슷할 것이다. 실제로 바위산을 깎아 지은 건축 양식과 건물 기초 부분들을 보면 천 년 이상 되었을 것으로 추정된다. 이웃 마을 베르나차까지 잘 닦인 도로로 두 시간쯤 걸리는데, 그 시절에는 배를 이용하지 않으면 안 되었을 정도로 험준한 지형이다. 마을 꼭대기의 성당에서 내려다보는 풍경은 너무도 아름다워서 그곳에 오르느라 숨이 찬 것도 단숨에 잊힐 정도다. 성당 초입에 수도자 동상이 거친 리구리아 해안을 간절한 포즈로 굽어보고 있다. 성당의 규모는 작지만 화려하다. 전체적으로 붉은 기운이 강하다. 그 빛과 색에 잠시 시간을 잊는다. 아무도 없는, 홀로 있는 성당에서의 두려움은 스위스 묘지 교회에서도 지독하게 경험했었다. 고해성사실이 유난히 빛난다. 노란색과 붉은색이 조화롭다. 고요 속에서 카메라 셔터 소리가 유난히 크게 울려 그 소리에 놀라 현실의 시간으로 돌아온다.

붙잡았던 것들을 놓아준다.
옭아맨 것들을 풀어준다.
왔던 길을 다시 거슬러간다.
가까워질수록 어둠이 도망친다.
갑자기 앞이 보이지 않는다.

어둠 너머

20

레반토의
성 프란치스코
수도원

묘한 일이 일어났다. 예전 같았으면 이런 일을 운명 혹은 숙명적 인연으로 돌렸을 테지만, 이번엔 다르다. 몬테로소에서 기차를 타고 약 4분 뒤에 다음 목적지인 베르나차에 내려야 했다. 베르나차는 친퀘테레의 다섯 마을 중 네 번째 마을이다. 몬테로소에서 이곳까지 걸어서 가려면 두 시간이 걸리지만 기차로는 단 4분이면 당도한다. 그래서 시간을 아끼려고 기차를 탔는데 반대편 방향으로 가는 기차를 타고 만 것이다. 내가 베르나차 행 기차를 탄 것이 아니라 반대편인 레반토 행 기차를 탔다는 사실은 돌아올 때에야 알았다.

레반토를 베르나차로 착각한 나는 역에서 내려 오른편에서 손짓하는 교회를 보았다. 그곳을 베르나차 교회라고 생각하고 성큼성큼 걸어 올라갔다. 그곳은 놀랍게도 성 프란치스코 수도원Chiesa S. Francesco이었다. 우연히 만난 수도원……. 나도 모르게 가슴이 뛰었다. 수도원의 경내는 조용했다. 교회 문이 잠겨 있어서 잠시 실망하고 수도원 뒷산으로 오르려 하는데, 조금 전까지 닫혀 있던 교회 문이 스르륵 열린다. 스스럼없이 안으로 들어서자, 빛 반 어둠 반…… 교회 안에는 아무도 없었다. 그런데 잠시 후 나는 눈을 의심할 수밖에 없었다. 젊은 수사 한 분이 나타나 느릿느릿 걸어오더니 촛불을 밝힌다. 그리고 조금 있자니 연로한 수사 한 분이 내 앞으로 다가와 의자에 앉는다.

나는 노수사 앞에서 무릎을 꿇는다. 아니 자연스럽게 나도 모르게 무릎을 꿇을 수밖에 없었다. 노수사는 가만히 나를 내려다본다. 입가에 미소를 가득 머금고 자애롭게……. 그 순간만큼은 아무런 말도 나오지 않고 아무 생각도 나지 않았다.

어떻게 역까지 걸어와 다시 기차를 탔는지 지금도 잘 생각이 나지 않는다. 그리고 돌아오는 기차에서 깨달았다. 내가 기차를 잘못 탔다는 사실을.

친퀘테레의 두 번째 마을, 베르나차

레반토에서 베르나차까지는 기차로 10분이다. 베르나차에 대한 관광 책자들의 설명은 거의 비슷하다. 분홍색과 붉은색이 많다는 것과 중세에 세워진 산타마르게리타 교회Chiesa di Santa Margherita가 특히 유명하다는 것. 아담한 선창이 있다는 것. 또 친퀘테레의 다섯 마을 중에서 예술가의 아틀리에가 가장 많다는 것이 큰 특징이다.

마을을 돌아보니 정말로 그렇다. 노란색, 분홍색, 붉은색 건물들이 많고, 아틀리에로 보이는, 예술적 색감이 넘치는 문과 장식물들이 눈에 띈다. 그런 작업실들 사이사이 뱃사람의 집에는 그물이 널려 있고 배에서 사용하는 어구들도 햇살에 몸을 드러낸다. 바닷가 가까운 곳에는 이와는 대조적으로 아름다운 카페와 레스토랑들이 줄지어 있다. 현지인과 관광객들이 반반 정도 섞여 있어 생동감 있는 마을 풍경을 이룬다. 방파제 쪽에는 젊은이들과 커플들이 많이 모여 있다. 방파제 끄트머리에 앉아 마을 전체를 바라본다. 산타마르게리타 교회가 왼쪽에서 황금빛을 발하고 있다.

그립다는 것은, 당신이 내게 돌아오지 못할 만큼 떨어져 있다는 것.

아득하다는 것은, 당신이 내가 보지 못할 만큼 달려가고 있다는 것.

당신을 향한 그리움 앞에서는 그 어떤 것도 아무런 의미가 없다는 것.

아
득
한　당
신

마나롤라와 리오마지오레

친퀘테레의 네 번째 마을인 마나롤라와 다섯 번째 마을인 리오마지오레는 지나가며 바라보는 것으로 만족하기로 한다. 마나롤라는 포도밭이 펼쳐진 한적한 마을이다. 해안 절벽에 색색깔의 집들이 지어져 있다. 리오마지오레 가는 길, 산허리에서 바라보는 마나롤라의 풍경은 원색적이다. 마나롤라에서 리오마지오레에 이르는, 시시각각 빛과 색을 달리하는 리구리아 해안의 절벽 길은 걸어가면 약 30~40분 정도 걸린다. 그래서 대부분 여행객들은 이 길을 걷고 나머지 길은 기차를 이용한다. 해안 길에는 산책로를 따라 카페와 공원이 있고, 연인들을 위한 쉼터도 많다.

진정한 낙원은 우리가 한번 잃어버렸던 낙원이다.
—마르셀 프루스트

낙원으로

21

산지아코모
수도원 교회

밀라노에서 가까운 코모 호수는 알프스에서 발원한다. 경치가 아름답고 산세가 수려해 로마 시대부터 각광받아온 일급 휴양지이다. 지금도 그 명맥이 이어져오고 있어 부호들과 예술가들의 별장이 즐비하다. 조용한 수면에 바람이라도 불어오면 푸른 호수 위에 뜬 구름이 흔들린다. 이곳에서는 산 지아코모 수도원 교회Chiesa di San Giacomo와 코모 시내에 있는 산타고스티노 교회Chiesa di S. Agostino를 둘러볼 예정이다.

산지아코모 수도원 교회에 대한 정보는 그리 많지 않았다. 벨라지오에서 가장 볼 만한 곳인데도 그곳에 직접 가서 영문으로 되어 있는 자료를 보고서야 몇 가지 사실들을 알 수 있었다. 자료에는, 산지아코모 수도원 교회는 11~12세기에 세워졌고 로마네스크 건축 양식이 특히 볼거리라고 소개되어 있다. 또 그 시대의 십자가와 성상이 그대로 전해져오고 있고 교회 뒤로 돌아가면 아직도 당시 수사들이 기거한 터가 남아 있다고 쓰여 있다. 그러나 엄밀히 말하자면 알프스의 다른 수도원과 다르게 이곳은 전형적인 귀족 수도원이었다. 로마 교황권이 직접 개입한 부유한 수도원이었고 또 벨라지오로 휴양 차 왔던 역대 수많은 정치권력자들, 귀족 세력들의 친위 수도원이었다. 돈이 많은 부호들도, 권력자들도 오히려 그들이 가진 것 때문에 절대자가 주는 평안과 안식을 일반인들 이상으로 원했던 것 같다. 그들에게도 평화와 안식의 장소는 수도원 교회였으리라.

수도원 안뜰은 그리 넓지 않고 성당 내부도 그리 크지 않다. 그러나 성당 안에는 중세 이래 오랜 시간을 몸소 증명하는 신성들이 곳곳에 있다. 낡은 대리석, 예수 그리스도 성상, 십자가, 고해성사실……. 이런저런 표석들에 남겨진 시간의 흔적은 실로 어마어마한 것이다. 성당 내부의 가장 은밀하고 고요한 곳들만 찾아다니다가 어느덧 떠날 시간이 되었다. 수도원의 본산인 이탈리아에서 만난 첫 번째 성소라는 점에서 각별한 느낌이 드는 곳이었다.

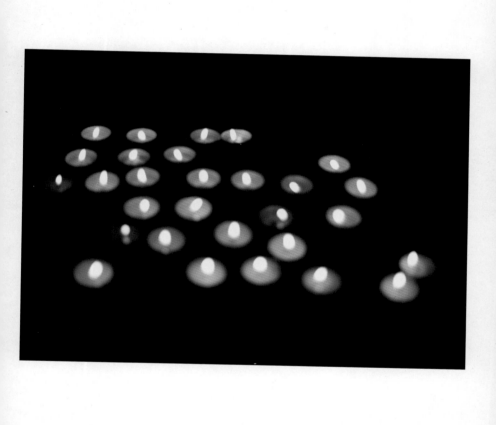

22

코모
대성당

오랜 시간에 걸쳐 지어진 성당은 각 시대에 유행하는 건축 양식이 가미되어 본래의 모습을 잃기가 쉽다. 코모 대성당Dumo di Como도 11세기에 짓기 시작해 15세기에 완성되었기에 로마네스크 양식부터 후기 고딕, 초기 르네상스 양식까지 뒤섞여 다양한 건축 양식을 지니게 되었다. 또 지리적으로 밀라노가 가까워 밀라노 풍의 품위를 지녔고 아래로는 피렌체 토스카나 주의 영향을 받아 내부 및 외부의 장식들과 그림, 태피스트리 등이 화려함의 극치를 보인다. 코모인 줄 모른 채 두오모를 보면 피렌체 두오모인지 밀라노 두오모인지 구별하기 어려울 것 같다.

간간이 뿌리는 가랑비 속에서 코모 대성당을 찾아든다. 역시 두오모는 어둠이 깊다. 높고 웅장한 돔에서부터 그윽한 빛이 어둠 위로 뿌려진다. 코모 대성당에서 발견한 특이한 점이 있는데 하나는 하늘로 솟구친 돔 외부의 건축 양식이고, 또 하나는 모두에게 열린 고해성사실이다. 지금껏 여러 성당에서 고해성사실을 보았지만 사제가 상주하고 있는 곳은 보지 못했다. 그런데 코모 대성당에서는 언제든 누구나 고해성사를 할 수 있도록 사제가 대기하고 있다. 한참을 어둠 속에서 휘젓고 다니다가 고해성사실 앞에 섰는데 순간 말이 통할까, 생각했다. 고해성사는 하지 못하고 가만히 바라보다 무릎을 꿇고 사진을 찍는다.

대성당의 어둠에 익숙해지자 조금 전까지 보이지 않았던 것들이 보이기 시작한다. 참 묘하다. 빛은 어째서 순간을 기대하게 만들고 어둠은 오랜 시간 뒤에 오는 익숙함을 기대하게 하는 것일까. 그래서일까. 빛은 순간에 떠나가고 어둠은 천천히 떠나간다. 나는 이런 어둠이 좋다. 천천히 젖어들고 만져지는.

코모 거리에서

오락가락한 가랑비 속에서 코모 거리를 걷는다. 거의 뛰다시피 걷는데도 비의 안온함 때문인지 마음만은 여유로웠다. 코모 시내는 아주 작아서 유람선을 타는 로마 광장 주변이 전부라 해도 과언이 아니다. 그러니까 로마 광장, 마테오리 광장, 그리고 대성당이 있는 카보우르 광장까지 약 500미터 반경 정도가 중심이다. 이 가운데 가장 조용하고 한적하고 그윽한 광장이 대성당 앞 광장이다.

광장 한편에 있는 노천 레스토랑에서 진한 커피 한 잔을 홀짝이며 오가는 사람들을 카메라에 담는다. 유럽 여행의 묘미 중 하나는 비 오는 날 노천카페에서 바라본 거리 풍경이다. 똑같은 장소라도 비 오는 노천카페에서 바라본 풍경이 유난히 오래 기억에 남는다.

코모 호수

내가 보았던 것을 카메라가 다 담지 못할 때도 있다. 사진이라고 하는 것은 '아름다운 왜곡'이기 때문에 오히려 실제 눈으로 본 것보다 더 멋있게, 그럴듯하게 표현할 수 있다. 그러나 그런 경우는 대개 예술적 표현일 때이고 달력 사진처럼 아름다운 풍경일 경우는 눈으로 보는 쪽이 훨씬 아름답다. 흘러가는 풍경이기에.

오늘도 누군가는 길을 나서고 또 어떤 사람은 돌아온다.
길이 없다면 삶도 죽음도 없고
인생도 없을 듯하다.

길이 없다면

베네치아의 빛과 그림자

코모에서 베네치아까지는 296킬로미터, 약 세 시간 거리이다. 베네치아 가는 길은 언제나 강렬한 햇살 때문에 눈이 부시다. 봄부터 여름까지는 선글라스 없이 운전하기 힘들 정도로 태양이 강렬하다. 그만큼 도로가 위험하기에 쉬엄쉬엄 가다 보면 예정보다 지체된다.

낯선 도시를 방문할 때마다 그렇긴 하지만 베네치아는 유난히 한눈에 잡히지 않는 도시다. 며칠 동안 미로 같은 거리를 헤매고 다녀야 간신히 파악될까 말까 한다. 열심히 다녀보아도 돌아와서 생각하면 언제나 광장 중심에 있는 종탑밖에 떠오르지 않는다. 산마르코 대성당도, 두칼레 궁전도, 라페니체 극장도, 산조반니 에 파올로 교회도 생각나지 않는다. 베네치아에 오면 세 가지에 놀란다고 한다. 넘치는 인파, 미로 같은 길, 올망졸망한 상점들이 그 세 가지이다. 그래서 한두 번 방문하는 정도로는 감을 잡을 수 없고 다시 와도 헤매고 마는 곳.

배를 타고 들어와 광장을 향하면 오른쪽에 눈부시게 화려한 대리석 열주가 보이는데 그곳이 두칼레 궁전이다. 두칼레 궁전 옆에 붙어 있으나 오른쪽 뒤편으로 돌아가야 보이는 곳이 산마르코 대성당이다. 산마르코라는 이름은 바로 성 마르코의 유골을 모셨다 하여 붙여졌다고 한다. 두칼레 궁전과 마주하고 있는 좌측 긴 대리석 건물은 코레르 미술관이 있는 옛 총독관청이다. 그 앞에 높이 솟은 탑이 세 개 있는데 96미터로 가장 높은 삼각탑이 베네치아의 명물인 산마르코 종탑이다. 긴 줄 때문에 산마르코 대성당에 들어가보는 것은 포기할 수밖에 없었다. 대신 두칼레 궁전의 가장 깊은 곳, 그리고 문 하나 사이로 어둠이 넘나드는 대성당의 후원을 보기로 한다.

베네치아는 교황권의 중심 도시로 도시 곳곳이 교회와 예배당이다. 일부러 찾아다닐 필요 없이 보이는 곳에 들어가면 된다. 하지만 나는 이번에 꼭 찾아가보고 싶은 곳이 있었다. 바로 산조반니 에 파올로 교회이다. 그 곁에 산마르코 신도회당도 붙어 있다. 이곳이 베네치아에서의 목적지이다. 언제나 그렇듯이 산마르코 광장은 빛으로 넘쳐난다. 물론 그만큼 그림자 또한 깊다. 이곳에 온 사람들은 두 가지 선택지를 받는다. 빛이냐 그림자냐……. 나는 둘 모두를 선택한다.

23

두칼레 궁전과
산마르코 대성당

인간의 마음과 신의 마음 중에서 어느 마음이 더 복잡한가.
인간의 노여움과 신의 노여움 가운데 어떤 노여움이 더 가혹한가.
두칼레 궁전과 산마르코 대성당Basilica San Marco 앞에 서면
이런 의문이 든다.
눈부시게 화려한 이 건물들은 그 결과물이기 때문이다.
먼저 산마르코 대성당은 11~15세기 신의 빛과 어둠이고,
곁에 붙어 있는 두칼레 궁전은 9세기 이래 인간의 빛과 어둠이다.
산마르코 대성당은 신의 공간이고 두칼레 궁전은 총독의 관저이다.
둘 다 화려함의 극치, 영광의 극치, 또 어둠의 극치를 보인다.

24

산조반니
에 파올로 교회

산조반니 에 파올로 교회Basilica di San Giovanni e Paolo는 산마르코 대성당보다는 작지만 아름답고 신도회당까지 붙어 있어 그윽한 정취가 있다. 두오모의 공통적인 특징은 짙은 어둠과 빛의 공존이다. 빛이 환할수록 어둠 또한 깊어지고 어둠이 짙어질수록 빛도 따라서 명멸한다. 지은 죄가 클수록 용서받는 기쁨 또한 클 것이다.

고해성사실마다 예수의 그림이 있다. 또 다른 특징은 동서남북 별실처럼 각각 제단과 기도의 공간이 마련되어 있다는 점이다. 동쪽 별실에서 앉아 잠시 참회의 시간을 보낸다. 나 자신을 열어보는 시간.

희망의 계단이 많다는 것은
그만큼 굴러 떨어질 절망도 많다는 것이다.

어둠의 계단

베네치아의 골목길

반경 1킬로미터 수로 안에 골목길이 3,000여 개라면 믿을 수 있겠는가. 그래도 별 탈 없이 산마르코 광장을 찾아올 수 있는 것은 표지판이 잘되어 있기 때문이다. 표지판에는 두 가지 방향밖에 없다. 산마르코 광장 또는 리알토 다리. 표시대로만 따라가면 어느 길을 가더라도 목적지에 도착한다.

베네치아의 골목은 수로와 수로 사이에 놓여 있어 어둡고 좁다. 그렇기 때문에 모든 골목에 빛이 너울대고 춤춘다 해도 과언이 아니다. 하루에 500개의 골목길만 더듬는다 해도 꼬박 일주일은 걸릴 것이다. 미로 속에서.

베네치아를 떠나며

16세기 르네상스 회화에서 베네치아와 피렌체는 서로 강력한 라이벌이었다. 신의 빛과 그림자에서 인간의 빛과 그림자로 옮겨오고자 한 두 도시의 경쟁은, 비록 피렌체 르네상스 회화의 승리로 마감했지만 오늘날 돌이켜보면 그것은 회화의 힘이라기보다는 도시의 힘이었다. 베네치아보다 피렌체가 우위에 있었기 때문이다. 하지만 르네상스가 신 중심에서 인간 중심으로 옮겨오기 위한 문화, 예술, 종교의 역사적 모멘텀이라 할 때, 삶의 빛과 색을 대중에게 돌려준 실질적인 도시는 피렌체가 아니라 베네치아였다. 베네치아는 삶이 있었다.

베네치아에는 그런 말이 있다.
베네치아에 한번 왔던 사람은 죽기 전에 반드시 다시 오게 된다고.
그러니 언젠가 다시 만날 것이다.

25

뮈스테어의
성 요한 베네딕도
수도원

스위스 알프스 인근의 여러 수도원 가운데 유네스코 세계문화유산에 등재된 수도원은 뮈스테어 계곡에 있는 성 요한 베네딕도 수도원Benedictine Convent of St John at Müstair과 장크트갈렌 수도원이다. 이 두 수도원을 여행의 마지막 코스로 미뤄둔 것은 지리적인 이유도 있긴 하지만 여행의 마침표를 찍을 무렵에 수도원의 의미를 다시 돌아보기 위해서였다.

이탈리아의 코모 호수는 이탈리아 알프스와 스위스 생모리츠 알프스에서 발원한 물로 이루어진 호수이다. 코모에서 스위스 생모리츠까지는 140킬로미터 정도이고 생모리츠에서 뮈스테어까지는 약 60킬로미터이다. 즉 코모에서 뮈스테어까지는 205킬로미터, 약 세 시간 삼십여 분 걸리는 아주 험한 길이다. 알프스 가장 깊은 곳으로, 천천히 하염없이 올라가야 한다. 지금은 길이 잘 닦여 있지만 중세 시대에는 첩첩산중이었을 것이다.

아침 여덟시. 호수의 안개를 뚫고 알프스로 향한다. 날씨는 변덕스럽게 흐렸다 개었다 비를 반복할 것이다. 눈이 내리지 않는 것만으로도 다행이다. 뮈스테어 계곡은 4월까지도 눈 때문에 도로가 폐쇄되기 일쑤다.

가톨릭에 정통한 인솔자도 없이, 신부도 아니고 신자도 아닌 사람이 고작 관광책자와 인터넷 자료에 의존해 수도원 여행에 나선 것은 애초부터 무리였는지도 모른다. 그럼에도 불구하고 할 수 있다는 강한 의지가 있었던 것은, 그간 여행에서 몸으로 부딪쳤던 경험들, 그리고 중세미술에 대한 어느 정도의 지식, 그리고 실전에 강하다는 나의 장점을 믿었기 때문이다. 또 무엇보다도 수도원의 빛과 어둠에 대한 강렬한 열망이 나를 이끌었기 때문이다.

뮈스테어의 성 요한 베네딕도 수도원은, 이 여행에서 내심 가장 고대했던 수도원이다. 그러나 워낙 정보가 없어서 달랑 주소 하나, 한 페이지 분량의 안내문, 그리고 사진 한 장을 가지고 대책 없이 찾아갈 수밖에 없었다. 성 요한 베네딕도 수도원은 8세기에 세워지기 시작하여 12세기에 완공된 수도원이라고 한다. 또 처음에는 남자 수도원이었다가 나중에 여자 수도원으로 바뀌었으며, 현재도 많은 수녀들이 수도원에서 생활하고 있다고 한다. 오랜 세월 동안 잘 보존되어서 1983년에 세계문화유산으로 지정되었다. 소개 자료에는 묘지 옆 교회에 있는 첨탑에 꼭 올라가보라고 쓰여 있는데, 첨탑은 어디로 들어가야 하는지, 일반인도 입장할 수 있는지 도무지 알 길이 없었다. 어디선가 두런두런 말소리가 들려 따라가보니 수도원 묘지 반대편으로 교회 입구가 나타났다.

뮈스테어의 마더 테레사

수도원 묘지에서 마치 운명처럼 마주친 노수녀님의 이름을 물어보지 못했다. 그분은 5월의 햇살 아래서 맑게 미소 지으며 나를 반겨주셨다. 나는 불편하지 않을 만큼 거리를 유지하며 그분의 뒤를 따랐다. 수녀님은 묘지 전체를 둘러보고 계셨는데, 그중 각별히 마음 쓰는 곳들을 애정을 담아 돌보셨다. 자신보다 먼저 떠난 동료들의 묘였다.

수녀님은 나와 눈이 마주칠 때마다 미소를 주셨다. 마침내 수녀님이 묘지를 벗어나 교회로 향하신다. 순교자 성 요한의 교회다. 그런데 그곳은 더 이상 내가 조금 전에 보았던 교회가 아니었다. 사람들이 사라진 자리에 어둠이 앉아 있었고 찬송이 울려 퍼지던 자리에 빛이 내려와 있었다. 지금 생각해보면 내가 무슨 생각으로 성당 안을, 마치 미사를 돕는 복사처럼 수녀님 뒤를 따라 들어갔던 것인지……

교회 정면에 예수 그리스도의 생애와 최후의 심판이 프레스코 벽화로 그려져 있다. 너무 어두워서 바라볼 수조차 없었던 그림을 지금 보고 있다. 마치 홀린 듯이, 이미 예정된 길이었을지 모른다고, 운명으로 여기면서.

지금도 확신할 수 없다.

그만 떠나가라는 손짓이었는지, 어서 따라오라는 손짓이었는지…….

따라가지는 않았으나 결국 나는 저 문으로 들어갔다.

그리고 보았다.

천년 수도원이 품은 빛과 어둠을,

지독한 고요 혹은 속삭임을.

손짓

성 요한 수도원의 어둠과 고요

내가 끊임없이 찾고 있었던 것은 지독한 어둠이었다. 또 고요였고 침묵이었고 은밀함이었다. 사진의 근원은 빛이 아니라 어둠이다. 어둠이 품고 잉태한 빛의 씨앗이다. 카메라는 어둠의 방이며, 사진은 어둠의 방이 품고 탄생시킨 빛의 그림자다. 그 문으로 들어간 나는 비로소 거대한 어둠의 카메라 속으로 들어왔음을 느꼈다. 또 비로소 모든 탄생은, 씨앗은, 출몰은, 어둠이 지배하는 하데스의 영역이라는 것을 보았다. 그리하여 두려움을 떨치고 그 품에 안긴다면 그곳이 얼마나 안온하고 너그러운지도 알게 되었다.

이 사진들은 그날 만난, 나를 감싸주었던 천년 수도원의 어둠과 고요다. 그저 어둠 속에서 눈과 마음이 가는 대로 담았다. 끝없이 어둠의 방을 찾아들면서 만지고 느끼고 새긴 흔적들이다.

천년의 시공에 전율했고, 아무도 없다는 데서 편안함을 느꼈고, 오직 사랑하는 것들이 내 주변을 감싸고 있다는 사실에 감격이 밀려왔다. 그리하여 지금껏 한 번도 주님을 찾은 적 없었으나 이 순간만큼은 그분께 감사하지 않을 수 없었다. 내게 문을 찾게 해주셔서, 어둠으로 안내해주셔서, 특히 이 깊은 고요를 느끼도록 허락해주셔서 감사하다고.

이것이었다. 그토록 찾아 헤맸던 수도원 여행의 의미는.

제의
祭衣

어떤 옷도 저 고결함을 따를 수 없을 것이다.

뮈스테어를 떠나며

내게 가장 기억에 남는 수도원이 어디냐고 물으면 대답하기 어렵다.
하지만 한 군데만 추천해달라고 하면 망설임 없이 뮈스테어의 성 요
한 베네딕도 수도원이라고 말하겠다. 가장 수도원다운 수도원이고,
누구나 상상할 법한 모습의 수도원이다. 취리히에서 뮈스테어의 수
도원까지는 약 210킬로미터, 세 시간이면 도착한다. 스위스에 갈 기
회가 있다면 꼭 들러보라고 추천하고 싶은 곳이다.

화창한 날씨 덕분에 알프스의 아름다운 모습을 제대로 감상하며 뮈
스테어를 떠난다. 취리히까지 가려면 3000미터 급 고봉준령을 두세
개 넘어야 한다. 취리히가 가까워짐을 알리는 바렌 호수의 푸른빛 속
에 뮈스테어의 잔상이 떠다닌다.

시간 앞에서 시간을 멈추게 하려는 나의 오랜 집착도 갈망도
시간을 애타게 찾는 또 다른 시간 앞에서는 어쩔 수가 없다.
돌아오는 것과 영원히 돌아오지 않는 것에 사이에서
이제 조금만 걱정하고 조금만 슬퍼하면서 살아야겠다.

또
다른
시간

26

장크트갈렌
수도원

8세기에 창건되어 18세기에 베네딕도 수도원으로 바뀐 장크트갈렌 수도원 Kloster Sankt Gallen은 유럽 수도원의 원형이다. 중세 유럽의 최대 도서관이 있을 뿐만 아니라 유럽 수도원에 강력한 영향력을 미친 아일랜드 수도원의 모든 것들이 빠짐없이 녹아 있기 때문이다. 이 때문에 1983년 유네스코 세계 문화유산으로 지정되었다. 또 그 크기와 규모, 학문의 전당으로서의 역할, 지역공동체와의 조화로운 운영 덕분에 수도원 대학으로 불리게 되었다.

도서관은 아쉽게도 사진촬영이 금지되어 있다. 하는 수 없이 대성당과 너른 수도원 안뜰을 담는 것으로 만족해야 했다. 수도원 안뜰을 시민에게 완전히 개방한 곳은 처음이다. 너른 잔디밭에서 운동하고 햇빛을 쬐고, 삼삼오오 모여앉아 이야기를 나누고 독서도 할 수 있는 수도원. 나는 이곳에서 수도원의 미래를 꿈꿔보았다. 수도자나 신자들만의 공간이 아니라 누구든 지치고 힘든 이들, 사색과 치유가 필요한 사람들에게 열려 있는 곳. 요즘 같은 시대에는 이런 곳이 더욱 간절히 필요하다.

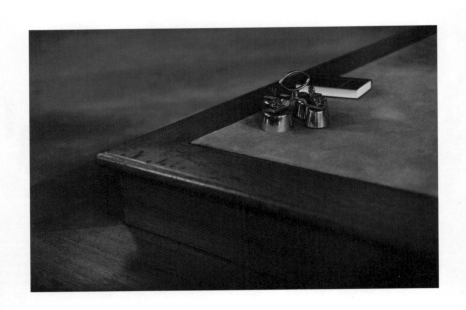

장크트갈렌을 떠나며

여행은 결국 순간이듯이 삶도 순간이다. 풍경의 '풍' 자는 바람 풍風이다. 풍경은 바람 같은 것. 수도원 여행은 특별한 공간을 찾는 것이 아니라 특별한 순간을 찾기 위한 여행이었다. 어느새 아득하게 멀어져간 시간들을 바라보면서 그런 생각을 한다. '아! 삶은 순간.' 특정 종교의 공간을 찾은 여행이 아닌, 홀로 자신과 대면하는 시간여행이라는 점에서 수도자, 수도원의 어원인 '모나쿠스'인 셈이다.

푸른 능선의 아름다움은 불완전한 자들에게 의미 있는 것이지 완벽한 자들을 위한 것은 아니다. 저 산들거리는 봄바람은 버림받은 자들을 위한 것이지 모든 것을 다 가진, 남부럽지 않은 삶을 살아가는 자들을 위한 것은 아니다. 수도원의 의미는, 신의 장소 안에서 평안을 누리면서도 기꺼이 고통에 아파하고 신음하려는 데 있다. 늘 부족하고 모자라고 불안정한 우리에게 저 아름다운 풍경이 기쁨과 행복을 주는 것처럼.

우리의 삶이 놓여 있는 토대는 얼마나 어두운가.

우리는 어디로부터 왔고 삶은 어디로 인도받는가.

생각하기도 전에 벌써 이런 삶을 원하게 되었단 말인가.

고통과 슬픔의 목적은 무엇인가.

삶의 의미는 절망과 슬픔에 이르러서야 비로소 깨닫게 되는가.

늘 아름답고 행복할 수는 없는 것이 삶의 결함인가.

그
리
고
삶

에필로그

이런 여행을 다시 하고 싶습니까?
—두 번 다시 하고 싶지 않습니다.

이렇게 멋진 여행인데 왜 그렇습니까?
—그래서 더 힘들기 때문입니다.

아니 그런 말이 어디 있나요?
수도원 여행이라니 말만 들어도 황홀한데요?
—수도원 여행은 황홀한 여행이 아니라
아주 힘들고 고통스러운 여행인 것 같아요.
그래야 기억되는 게 있는 모양입니다.
상처 없이는 아무 의미 없는 여행이니까요.

침묵으로의 여행

초판 1쇄 발행 | 2012년 10월 26일

글·사진 | 진동선
발행인 | 김우석
제작총괄 | 손장환
편집장 | 원미선
책임편집 | 박민주
마케팅 | 공태훈 김동현 신영병
홍보 | 이수현

디자인 | 박소희
인쇄 | 영신사

펴낸 곳 | 중앙북스(주)
등록 | 2007년 2월 13일 (제2-4561호)
주소 | (100-732) 서울시 중구 순화동 2-6번지
전화 | 1588-0950
홈페이지 | www.joongangbooks.co.kr
페이스북 | www.facebook.com/hellojbooks